53

Max Vorderhoefen

Autor, Comedian, Sänger, gelernter Schauspieler sowie diplo-mierter Jazz-Arrangeur. Bekannt wurde er 1998 als Didi von den Superboys mit dem Chart Hit *Ich wünscht´ Du wärst´ bei mir*. Mit diesem Titel gewann er den 1. Platz in der ZDF Hitparade und moderierte mehrfach als Gast- VJ das MTV Format *Select*. Danach lebte er über fünf Jahre im schönen Barcelona, kehrte in die Heimat zurück und beschloss, die Welt an seinem Fundus gesammelter Erfahrungen teilhaben zu lassen. So entstand sein literarisches Debüt »53 wirklich **verdammt** wichtige *Tipps!* für alle Lebenslagen«, weil er sich »mal dringend was von der Seele schreiben« musste.

2013 erhielt er den Förderpreis der Hörspielinsel mit der Realsa-tire »Herbert und Herr Winfried«, produziert zur Zeit sein erstes Solo-Album und arbeitet **verdammt** intensiv am Nachfolgeband dieses Buches.

Max Vorderhoefen

53

wirklich

verdammt

wichtige

Tipps!

für alle Lebenslagen

Bibliografische Information der Deutschen Nationalbibliothek: Die Deutsche Nationalbibliothek verzeichnet diese Publikation in der Deutschen Nationalbibliografie; detaillierte bibliografische Daten sind im Internet über dnb.dnb.de abrufbar.

3. Auflage Juli 2019

Copyright © 2018 Max Vorderhoefen

Herstellung und Verlag: BoD – Books on Demand, Norderstedt

ISBN 978-3-752-80450-8

Inhalt

Vorwort

Dieses Buch soll Ihnen eine Hilfe in nur allen erdenklichen Lebenslagen sein. Sollte Ihnen der eine oder andere *Tipp!* zu krass **er**scheinen, dann liegt das nur daran, dass den extremen Ansprüchen unserer modernen Welt genüge getan werden muss. Omas heilende Kräuterteemischung reicht da oft einfach nicht mehr aus. Wenn Sie Ihr Herz aber öffnen und bereit für Veränderungen sind, werden sich viele Ihrer kleinen Problemchen schon bald verabschiedet haben. Und nach und nach werden Sie die unbeschwerte Leichtigkeit des Seins, die Sie nur bei den Anderen zu sehen glauben, Ihr Eigen nennen können (und/oder manch´ guten Freund verlieren). Auf diesem Wege wünsche ich Ihnen von größtem Herzen allergrößten Erfolg!

Der Fluch der Perfektion

Gehören Sie auch dazu?

Den fast krankhaften Perfektionisten? Ganz ehrlich. Sie brauchen sich nicht zu schämen. Sie halten ein Buch in der Hand, werden also nicht getrackt, gefilmt, abgehört, keine Likes, keine Gesichtserkennung, nichts. Also? Ja, wa!? Gut. Der erste Schritt ist getan. Dieses Kapitel ist für Sie persönlich von ganz besonderer Wichtigkeit.

Situation: Mittagskino. Der Saal ist fast leer. Freude über einen guten Platz kommt auf. Also nehmen Sie gleich die Mitte, sowohl die Kino- als auch die Sitzplatzreihenmitte. Aber ganz exakt die Mitte ist es nicht. Sie spüren das. Für Ihre hypersensible Wesenhaftigkeit ist es ein Leichtes, das zu erkennen (was Normalbürgerchen im Gegensatz zu Ihnen nicht mal ansatzweise bemerken würde). Ein erstes unangenehmes Kribbeln setzt ein. Jedoch ist Ihnen aufgefallen, dass die Reihen zwecks freier Sicht versetzt sind. Vielleicht ist ein Platz in einer anderen Reihe zentrierter? Sie versuchen es mit der Reihe davor. Aber auch hier heult sogleich Ihr Frühwarnsystem mit einer Intensität auf, die andere nur beim Anblick eines auf sie zurasenden, grauenerregend fauchenden Tigers empfinden würden: Der ersehnte mittlere Sitz ist wieder nicht ganz mittig zur Leinwand, wohl aber etwas mittiger als der vorherige. Es misshagt Ihnen zwar immer noch, doch selbst *Sie* könnten sich auf diesen Kompromiss einlassen. Wäre da nicht der jetzt dramatisch verkürzte Abstand zur Leinwand, der Sie fuchst (Differenz zum vorherigen Platz: 92cm). Geht auch nicht. Aber Sie geben nicht auf. Nochmal zwei Reihen hinter. Wieder etwas unmittig, OK (*grummel*), aber die Leinwand wirkt auf einmal so klein. Mmmh... Oder vielleicht doch wieder weiter vor? Unruhe kommt auf. Einige der Kinobesucher sind inzwischen auf Ihre Odyssee aufmerksam geworden und verfolgen vergnügt die Gratisvorstellung. Was Sie natürlich noch mehr verunsichert. Und dann die Angst, dass eins von diesen miesen Ärschen Sie am Kinoausgang abpassen und Sie wissend grinsend zu einer Inhaltsangabe des Filmes nötigen könnte, die Sie ja mit absehbarer Wahrscheinlichkeit nicht werden liefern können. Der Film beginnt bereits, Sie aber sind in einem ganz anderen. Nüscht mit gediegener Unterhaltung. Sie können die Anspannung schon körperlich spüren. Es lässt Sie einfach nicht los.

Tipp!

Setzen Sie sich an den äußersten Rand. Suchen Sie den vermeintlich schlechtesten Platz im Kinosaal. Erledigt! Anders kann jemand wie Sie keine Ruhe empfinden und einen Film entspannt genießen. Dieser Platz *ist* der Perfekte, den Sie so verzweifelt gesucht haben.

Anderes Beispiel: Sie haben renoviert. Der neue helle Teppich erfüllt Ihr Herz in gleichem Maße wie er die Panik schürt, es könnte ein Fleck sich darauf verirren. »Schuhe aus!«, «Vorsicht bitte mit dem neuen Teppich!», »Nicht das Glas auf den Teppich stellen!«, «Verdammt! Könntest du bitte die Chips über dem Tisch mampfen? Wie dir eventuell aufgefallen sein dürfte, befindet sich unter deinen hoffentlich sauberen Socken ein nagelneuer, heller und außerdem unverschämt teurer Designerteppich» usw. Das Timbre Ihrer Stimme klingt dabei nicht präzise philantropisch. Da fühlt sich keiner mehr wohl. Und Sie am allerwenigsten. Seit Sie das verfluchte Ding gelegt haben geht das so. Schon ein paar Wochen. Und dabei haben Sie sich so auf die renovierte Wohnung gefreut.

Tipp!

Zünden Sie sich eine Zigarette an, inhalieren Sie mit Genuss (Nichtraucher nehmen Räucherstäbchen, bitte *ohne* zu inhalieren) und führen nun ganz bewusst die Glut Richtung Teppich, auf dem Sie sie genüsslich ausdrücken, bis ein deutlich zu erkennendes, tiefschwarzes Brandloch entstanden ist. Ganz wichtig: Empfinden Sie Größe dabei! Das ist schließlich kein Pappenstiel, was Sie da veranstalten. Dazu gehört was. Machen Sie´s! Sonst haben Sie keine ruhige Minute mehr, und der Stress wird Ihre Telomere im Tempo eines abbrennenden Streichholzes verkürzen. Sie werden altern. Und zwar viel rasanter, als es Ihrem kapitalistisch sozialisierten Ego lieb sein könnte (das ist durchaus warmherzig gemeint, es geht in unserer Welt nicht ohne den Vergleich mit den Cleanfood-Ultrafitten-Beauty-Biestern überall, da zählt jedes Fältchen).

Trinken Sie sich wenn nötig Mut an. Dafür ist der Alkohol schließlich da. Das dadurch rötlich aufgeschwemmte Alk-Schwabbel-Gesicht holen Sie durch gewonnenen Stressabbau, der die Telomerverkürzung hemmt und Sie somit länger jünger aussehen lässt, doppelt wieder rein. Endlich vollbracht, werden Sie anfangs so etwas wie eine infinite Befreiung spüren. Die möglicherweise auftretenden hintergründigen hysterischen Stimmen – »Was hast du da bloß gemacht?!«, »Sach ma hast du se noch alle!?«, »Scheiß Alkohol!« – beachten Sie einfach gar nicht. Glauben Sie mir, Sie haben sich einen riesigen Gefallen getan. Denn diese visuelle Störung zu toppen, wird schwer möglich sein. Die ursprüngliche Angst vor Flecken – wie weggeglüht. Alle anderen möglichen Verunreinigungen kommen Ihnen bei diesem fetten Brandloch nur noch lächerlich vor. Und Sie haben es selbst getan. Sie verlieren also keinen Freund, dem ein Missgeschick hätte passieren, und den die Entladung Ihres angestauten Hasses für immer hätte vergraulen können.

Betrachten Sie jetzt die untenstehende Abbildung:

Na? Klingelt´s? Richtig! Das ist mit dem dunklen Punkt auf dem indischen Yin und Yang Symbol gemeint: Es ist der für innere Ruhe sorgende schwarzverbrannte Fleck auf Ihrem hellen Designerteppich! Ein Dasein im Einklang mit dem Universum ist nur mit dieser Symbiose polarer Gegensätze zu erreichen.

Transferieren Sie diesen Trick nun auf anderer Bereiche. Kommen Sie dem Leben zuvor. Befreien Sie sich! Zum Beispiel:

Schlüssel zücken, und den eigenen schönen Autolack zerkratzen (nicht feige das Heck, die Fahrertür natürlich). Taggen Sie Ihr Einfamilienhaus. Verpassen Sie Ihrem Hund ein Halsband mit witzigem Spruch, usw.

Aber bitte: Tätowieren Sie sich kein Hakenkreuz auf Ihre Stirn. Das ginge zu weit. Sie sind ja (hoffentlich) nicht wie Charles Manson unterwegs...

Fälle

Vor- oder Nachteil? Ist das gut oder schlecht für mich?

Das erschließt sich bei komplexen Sachverhalten nicht immer gleich auf den ersten Blick. Ob ich von etwas profitiere oder Schaden nehme, muss im Zweifelsfall gründlichen Abwägungen unterzogen werden. Ganz besonders bei Dilemma-Entscheidungen, wo es ja kein richtig oder falsch gibt. Entscheidungshilfen wie z.B. »Was wäre, wenn...?« oder »Buridans Esel« scheinen da hilfreich. Durch ihre Komplexität jedoch sorgen sie oft nur für zusätzliche Verwirrung.

Tipp!

Graphische Simplifizierung

ist die ultimative Hilfe zur Entscheidungsfindung. Bitte finden Sie stellvertretend anbei ein Tutorial zum beispielhaften Thema »Fälle – Segen oder Fluch?«

Einfall

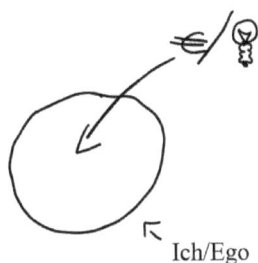

Ich/Ego

In der Bildmitte sieht man das Ich einer Person, sein Ego. Ein Einfall ist, wenn von außen etwas auf mich einfällt. Das kann Geld sein, eine Idee, oder auch etwas Schweres. Im Regelfall ein Gewinn, den man aber mit sich herumtragen muss.

Ausfall

Ein Ausfall ist, wenn ich das ganze wieder verliere. Überwiegend nachteiligen Charakters, kann er aber auch von Vorteil sein. Um das herauszufinden, ersetzen Sie bitte das €-Zeichen und die Glühbirne durch den Gegenstand Ihres Anliegens. Jetzt erkennen Sie auf einen Blick, welchen Wert er außerhalb Ihres Ichs hätte (ein Zahn z. B. wäre nicht so gut, der eitrige Inhalt eines nach vielen schmerzhaften Tagen endlich ausdrückbaren fetten Pickels aber schon eher).

Zufall

Zufall ist wie der Einfall, nur *noch* seltener.

Beifall

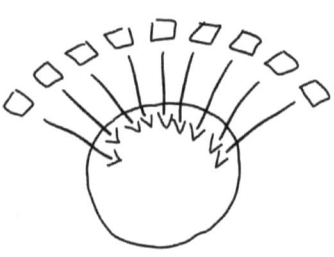

Beifall. Das ist, wenn ganz ganz viel von außen auf einen einwirkt, worauf man sich dann geil fühlt. Oder verfolgt.

Abfall

Hier schmiert das komplette System ab und geht kaputt. Deswegen riecht Müll auch so unangenehm. Weil alles kaputt gegangen ist. Abfall eben. Nehmen wir eine Tendenz zum Abfall an uns selber wahr, versuchen wir ganz automatisch durch intensives Duschen dem sich ankündigenden Abstieg entgegenzuwirken. Seltsamerweise erscheint uns hingegen die Verschmutzung unserer Mitmenschen, in dem wir abfällig über sie herziehen, als eine durchaus sinnvoll anzustimmende Melodie.

Rückfall

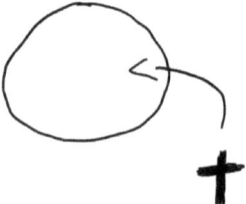

Ist, wenn´s eigentlich schon vorbei gewesen ist, man aber wieder zurück ins nackte Leben gerufen wurde. Durch Reanimation. Und dann als halber Zombie durchs Leben wandelt. Auch hier entscheiden individuelle Gegebenheiten über Segen oder Fluch. War das Leben bislang grausam und furchtbar spöttisch zu Ihnen, fühlt sich dieses »Geschenk Gottes« möglicherweise wie ein *free refill straight from hell* an.

Besser gefürchtet als belästigt

Liebe Musiker, Hard-Core Gamer, Sex-Addicts

und alle anderen sympathischen Genießer, die wissen, was das Leben lebenswert macht:
Lasst euch eure liebenswert menschlichen Obsessionen nicht von euren Nachbarn kaputt machen. Ihr seid oft laut, dabei exzessiv fröhlich, versaut und manchmal noch durch die Wand spürbar gehässig. Kerngesund also. Da dauert´s nicht lange, bis der von Neid gedemütigte, obrigkeitshörige Nachbar vorstellig wird. Achtung! Diese erste Begegnung mit ihm ist von entscheidender Bedeutung! Der Einzige im Haus übrigens, der dieses Problem nicht kennt, ist der Crystal-Meth-Checker im 5. Stock. Trotz 24-stündiger Dauerbeschallung durch laute Musik und regen, immer stark unter Strom stehenden Kundenverkehrs, muss er keine Konsequenzen fürchten. Er weiß: Sie würden ihn nicht mal anonym denunzieren aus Angst, er könnte Ihnen irgendwie doch auf die Schliche kommen. Was dann drohte ist klar: Unerwartet befremdlicher Besuch stünde ins Haus. Er hat ganz sicher einige durchgeknallte Meth-Junkies, die ihm was schulden, an der Hand. Und die sind verflucht noch mal zu wirklich allem bereit. Außerdem sicher auch kompetent genug, ihre Schulden effektiv an Ihnen abzuarbeiten.

Doch zurück zur *first encounter* mit der Nachbar Zecke, die an Ihrer Tür geklingelt hat.

Tipp!

Kommen Sie ihm keinesfalls auch nur einen Jota entgegen. Sonst ruft der ständig bei Ihnen an oder nötigt Sie an die Tür, um Ihnen ungeniert das Dunkelgelbe aus seinem eitrigen Denkbeutel ins Gesicht zu piensen. Selbst wenn er sehr sympathisch rüberkommen sollte: Denken Sie bitte nur an Ihr eigenes kostbares Leben. Sie treten da sonst was los, was Sie nie wieder werden rückgängig machen können. Am besten schmeißen Sie die Tür wortlos zu und ignorieren gelassen sein unbändiges Klopfen und Sturmklingeln.

Tipp!

Am geschicktesten ist es jedoch, ihm den Mut bei Ihnen zu klingeln bereits im Vorfeld zu rauben. Dass Sie ihm trotzdem irgendwann begegnen werden, versteht sich von selbst. Und das ist auch so gewollt. Nur das Sie ihn dann bereits zu Ihren Gunsten konfiguriert haben werden. Unser Dauerbrenner:

Besser gefürchtet als belästigt

Schritt 1

Legen Sie sich zu normalen Tageszeiten auf den Rücken. Ziehen Sie die Beine leicht an. Strampeln Sie nun heftig mit Armen und Beinen und lassen dabei einen Urschrei los. Wiederholen Sie diesen nebenbei auch wunderbar befreienden Vorgang bis zu sieben Mal. Probieren Sie in dieser Stellung auch „Unendliches Leid" oder gleich „Mein einsamer Todeskampf". Er wollte zwar schon längst mal bei Ihnen nerven, traut es sich nach diesen verwirrenden Geräuschen aber nicht mehr so recht. »Den treff´ ich doch eh bald im Hausflur« wird er seine fehlende Courage zu beschönigen wissen. Der Grundstein wäre gelegt.

Schritt 2

Es kommt zur ersten Begegnung im Treppenhaus. Er weiß ohne Sie je gesehen zu haben genau, wen er da vor sich hat, und lädt die schon hundertmal geprobte Rede in seinen Arbeitsspeicher. Ein Auge zuckt. Man kann klar erkennen, dass hier jemand etwas zurückdrängt. Stark mit seinen Gefühlen kämpfend, gelingt es ihm trotz des so höllisch im Bauch lodernden ungefilterten Hasses, Ihnen ein den Umständen entsprechend doch beachtlich nettes »Hallo« anzubieten. Hier kommt jetzt Ihr Auftritt. Sie grüßen nicht zurück. Sie ignorieren ihn aber auch nicht. Ganz im Gegenteil: Sie zeigen Interesse. Und zwar viel davon. Beunruhigend viel. Fixieren Sie ihn erbarmungslos, jedoch ohne den Versuch, gewollt böse zu gucken. Er könnte den Fake leicht durchschauen. Besser, Sie rufen sich die grausamsten Bilder vergangener Horrorfilme oder aus persönlichen Erfahrungen in Erinnerung. Schlüpfen Sie in die Rolle eines Serienkillers bei der Arbeit. Bauen Sie so bildhaft wie möglich ein »The Purge«-würdiges Gemetzel vor Ihrem inneren Auge auf. Was Sie in Ihrer Vorstellung sehen, wird er eins zu eins in Ihren Augen wiederfinden. Er beginnt leicht zu zittern.
Tolle Erfahrung auch: Je unruhiger er wird, desto gelassener gleichzeitig Sie. Probieren Sie´s aus. Fühlt sich wirklich sehr geil an!
Ihr Blick wird immer unheimlicher. Er wird das Gefühl nicht los, dass Sie jeden Augenblick ein Messer zücken könnten, um

einen unverarbeiteten Verlust aus Ihrer schrecklichen Kindheit zu suchen, den Sie just in seinen Innereien vermuten. Jetzt erinnert er auch noch die vielen furchtbaren Schreie, die er seit geraumer Zeit aus Ihrer Wohnung vernimmt. Sie verbrüdern sich mit Ihrem irren Gestarre. Seine Phantasie wird nun endgültig mit ihm durchgehen und ihn dazu zwingen, seine Pläne zu begraben und Sie in Ruhe zu lassen. Er will jetzt nur noch weg. Schnell. Weit weg.

Obwohl das Ding eigentlich hier schon gelaufen ist, dürfen Sie ihn nicht aus den Augen lassen. Steigern Sie seinen beneidenswerten Trip noch. Das bejahende Nicken, das Sie ihm plötzlich schenken, und das er innigst gern als eine Art *Befriedungsgeste* interpretieren würde, ist so gequält zäh, dass es statt ihn zu beruhigen nur noch nervöser macht. Weiter behäbig nickend und ihn beim Wegdrehen bis zum Krampf im Hals fixierend, verlassen Sie ausdruckschwanger das Szenario. Hinken Sie dabei! Wenn Sie trotz Sonnenscheins während Ihrer Performance den süßen Gesang zarter Regentropfen vernehmen sollten, dürfen Sie auch früher von ihm ablassen. Sie haben´s dann etwas zu gut gemacht. Keine Angst! Er wird sicher schon aus Scham sein kleines Malheur vor Ihrer Wohnungstür später selbst aufwischen.

Schräglagen

Wirkungsweise der Gravitation

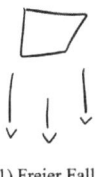

1) Freier Fall

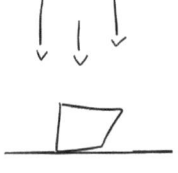

2) Vollendeter
Anziehungsprozess

im Sinne einer Voll-
bremsung, z.B. eine
Sitz- oder
Liegegelegenheit

3) Unvollendeter
Anziehungsprozess

im Sinne einer belie-
bigen **Schräglage**

Das menschliche Gehirn kann den physikalisch unvollendeten Anziehungsprozess der Schräglage den eigenen Sinnen nicht schlüssig zuordnen. Es wandelt deshalb die gravitatorische in bio-chemische Energie um. So kann es den entstandenen Energieüberschuss synästhetisch auf die kognitive Ebene kanalisieren. Was durch diese laterale Fehlinterpretation bleibt, ist das plötzliche, unerklärliche Gefühl des Unerledigten. Als etwas nicht zu Ende gebrachtes. Schräglagen wirken also nicht deswegen verunsichernd, weil der Mensch das Gefühl hat, irgendwo unkontrolliert herunterzurutschen. Vielmehr, weil er von seinem Gehirn durch den Energieumwandlungsprozess vorgegaukelt bekommt, wichtige Dinge nicht erledigt zu haben.

Bestes Beispiel: Ein Zug macht in einer abgeschrägten Kurve halt. Man spürt sofort das starke Ziehen der Gravitationskräfte.

Und zwar so intensiv, dass man befürchtet, der Zug könnte jeden Augenblick umkippen. Und dann geschieht es. Achten Sie mal drauf. Die allgemeine Verunsicherung steigt derartig, das auffällig viele ihr Smartphone zücken im Irrtum, dringend etwas erledigen zu müssen. Dabei hat das Gehirn die physikalischen Kräfte einfach nur in einen Gedanken umgewandelt.

Tipp!

Erwischen Sie einen Kippstuhl im Biergarten müssen Sie ihn umgehend austauschen. So kann kein entspanntes Freizeitgefühl aufkommen. Der erweckt durch seine Schräge nämlich nicht nur bio-chemisch das unangenehme Gefühl des Unerledigten, sondern auch ganz konkret Wut wegen der nervigen Kippelei.

Tipp!

Verzichten Sie aufs Fliegen. Das ist ein wahres Feuerwerk an Schräglagen mit heftigen negativen Folgen. Die allgemein offenkundige Orientierungslosigkeit von Fluggästen nach der Landung, die sie unfähig macht, so einfache Dinge wie den hundertfach ausgeschilderten Ausgang zu finden, sind unübersehbare Symptome dieses Phänomens.

Das Luftfahrtbundesamt hat bereits reagiert. Die Studien dauern zwar noch an, jedoch wird in wissenschaftlichen Kreisen vermutet, dass bei häufigem Fliegen sogar mit irreparablen Schäden zu rechnen sein muss. Grund zu dieser Annahme geben die besorgniserregend bizarren Gewohnheiten von beruflichen Vielfliegern. Denn sie benutzen statistisch gesehen, je öfter sie dienstlich fliegen, immer häufiger auch privat dieses Fortbewegungsmittel, weil sie gemäß Umfragen ständig das Gefühl beschleicht, etwas am Zielflughafen der letzten Dienstreise vergessen zu haben. Sie kratzen dann ihre letzten Ersparnisse für einen Billigflug zusammen, um zurückzufliegen, und das vermeintlich Vergessene dort zu suchen. Natürlich ohne Erfolg. Im Gegenteil: Weil sie bei den ständigen Suchaktionen schon wieder im Flieger sitzen, wird das Gefühl, etwas vergessen oder nicht erledigt zu haben, nur stetig größer. So bleiben sie in einer torturenten, sich selbst erhaltenden Schleife gefangen.

Der Nocebo Effekt

Der Nocebo Effekt, das Gegenstück zum Placebo Effekt,

ist, wenn irgendetwas viel schlimmer wird, als es eigentlich ist, weil´s jemand angekündigt hat, dass es so schlimm wird. Dabei lässt sich ohne großen Aufwand, einfach indem man bestimmte Wörter austauscht, das Leben viel erträglicher machen. Krankenschwestern etwa lieben diesen Fauxpas, wenn Sie beim Nadelsetzen »Achtung das pikst jetzt ein bisschen« sagen, und das Schmerzempfinden dadurch gekonnt steigern. Eine Lüge wie »jetzt wird´s gleich total schön« dagegen hätte eine mildernde Wirkung. Die subjektive Schmerzempfindung wird mit der positiven Ankündigung abgeglichen, eine gewisse Inkongruenz zwar erkannt, aber hingenommen. Viel schlimmer jedoch wäre die fiese Schmerzmaximierung durch die negative Erwartungshaltung, die aus der sadistisch dramatisierten Einstimmung der Krankmachschwester resultiert.

Außerdem wäre so ein Satz strenggenommen nicht mal die Unwahrheit. Es wird ja auch total schön, nur halt etwas verzögert, wenn der Schmerz dann endlich nachlässt.

Tipp!

Erstellen Sie Ihre persönliche No-Nocebo-Liste. Ihr Sprachgebrauch hat ungeahnten Einfluss auf Ihr Wohlbefinden:
Aus *Problem* machen sie zum Beispiel »Herausforderung«. Oder aus *Schmerz* »Motivator« usw. »Irgendwie empfinde ich eine lustige Einbildung dir gegenüber» ist wesentlich entspannter, als der

Lebensgefährtin ein aufrichtiges »Ich hasse dich« an den Kopf zu schleudern. Und »Sieh mal Liebling, du hast da eine willkommene Abwechslung in deiner Suppe!« ist doch die viel angenehmere Art, um auf ein gekräuseltes Haar aufmerksam zu machen. Dann kann man die Suppe nämlich noch essen! Douglas Adams hat den Ansatz dieses Phänomens übrigens schon vor langem in «The hitchhiker´s guide to the galaxy» so trefflich beschrieben:

The best way not to be unhappy is not to have a word for it.

Trash Poem©

Humor ist der Edle Ritter
im Gezweige der
Unendlichkeit

ER

Die Sprache ist der Spiegel unserer Gesellschaft.

Schon mal gehört. Das Ausmaß der Konsequenzen wird einem aber erst deutlich, wenn man ein Idiom etwas genauer betrachtet. Die deutsche Sprache zum Beispiel ist ganz furchtbar von maskuliner Geltungssucht durchsetzt. Vornehmlich in den Verben:

erschaffen (siesschaffen nein. **Er** schafft). Damit soll klar werden, wer die Brötchen reinholt.

erarbeiten Dinge werden nicht siearbeitet, sondern **er**arbeitet (sie arbeitet nicht).

erdenken (wer sonst...)

erfahren (gemeint ist »Frau am Steuer, Ungeheuer«)

jmd. **er**schlagen (ist selbsterklärend)

erfinden (soll so was heißen wie: Sie sucht stets ohne Erfolg nach einer Lösung)

Da ist gleich Licht im Raum, wenn der Mann das Szenario betritt:

erscheinen

Erkennen Sie die sprachliche Finesse? Nur helle Dinge scheinen:

Licht, die Sonne und **Er**. Im Altdeutschen wurde das orthographisch sogar noch mit einem Komma illuminiert:

Hans, **er**scheinte. *statt heute* Hans **er**scheinte.

Aber Vorsicht:

Sie erscheinte (falsch)	**Er er**scheinte (richtig)
\ /	\ /
Paradoxon	**Anapher (Stab**reim)

Andererseits könnte es ja auch komisch, bisweilen missverständlich wirken, wenn sprachlich immer auf beide Geschlechter Rücksicht genommen werden würde. Zum Beispiel in den Nachrichten:
»Bei einer Messerstecherei wurden fünf Männer er- und zwei Frauen siestochen«.
    Oder im Fall von **er**sticken:
»Im ätzenden Qualm eines Hochhausbrandes ist eine 57 jährige Frau siestickt«.
Sie stickt. Heißt das jetzt, dass sie hart im nehmen ist oder tot?

Und auch in den Nomen treffen wir auf dieses Phänomen. Zum Beispiel in der Fleischwerdung des Phallus, der ja nicht aus einer Sie-, sondern einer **Er**ektion hervorgeht.

Ja, it´s a man´s world.

Tipp!

An die **Jungs**

Ball flach halten und die Augen offen! Das Gefühl der Übermacht, die durch dieses mannsbetonte Vokabular entsteht, das Gefühl, alles fest im Griff zu haben, mündet in blinde Ignoranz, die unter Umständen sehr reelle, leiblich ungewollte Folgen haben könnte. Denn:

An die *Mädels*

Nicht verzagen! Macht euch bewusst, dass all diese Versuche des Mannes, seine vermeintliche Dominanz sprachlich zu zementieren, nur ein verzweifelter, trotziger Hilfeschrei ist. Unterschwellig weiß ER nämlich ganz genau, dass der *Sieg* über die *genetische* Vielfalt an die Frau geht: *sie*gen

Sie bestimmt, wer deinen Porsche erbt: dein eigenes, oder das Kind ihres Liebhabers!

Oops, also doch a woman´s world...

Gesunde Hündigkeit

Grau. Nasskalt. Gestank.

Nur Schrott im Radio. Kein Geld. Keine Kreditwürdigkeit. Einer dieser Tage. Ihr Gemüt durchläuft eine Morphose, die alle um Sie herum erschaudern lässt. Sie können kaum noch beschreiben, wen Sie mehr hassen: sich selbst, oder alle anderen. Ihre damit einhergehende bezaubernde Stimmung bringt viel Freude in die Runde... Ja ja, die verfluchte Kohle. Aber: Das muss nicht so bleiben!

Schon wieder hat Griechenland der EU über 7 Mrd. abgezwickt (Stand Januar 2018). Denn der Grieche weiß, wie´s geht: Immer überzeugt zur Veruntreuung stehen und nie Danke sagen. Und falls eine Dankesgeste wirklich absolut unumgänglich und auch sinnvoll erscheint (weil der nächste Kredit wegen der Veruntreuung dieses Kredits ja bereits fest eingeplant ist), dann maximal in Form des Varoufakis Moves. Nun sind Sie aber kein Grieche. Was tun?

Tipp!

Schritt 1

Wenn Sie in Ihrer sozial hoffnungslosen Situation reelle Chancen auf einen Kredit haben möchten, müssen Sie Ihrer Bank glaubwürdig klar machen, dass Sie griechische Verwandte haben. Sonst wird das nichts. Hängen Sie sich ins Zeug! Schwarzgelockte Perücke auf, etwas Knoblauch in die Achseln reiben, und lassen Sie sich ruhig schon morgens einen Ouzo schmecken. Das schafft spürbares Mittelmeerflair. Requisiten wie eine antike Diskusscheibe oder einen Wurfspeer lassen Sie weg. Das riecht nach Anstrengung und macht Ihren Sachbearbeiter sofort stutzig. So gestylt fahren Sie nun standesgemäß mit Motorrad bei der Bank vor. Und: Bringen Sie ihm ein Geschenk mit. Er kennt das Sprichwort »Fürchte die Griechen, und doppelt wenn sie schenken«. So ist der halbe Weg bereits geebnet.

Schritt 2

Ihre Show muss überzeugen. Aufrechte Haltung, doch nicht zu sehr. Der hypoton arbeitsscheue Gestus muss latent erkennbar bleiben. Dann stolzer, spöttischer Blick. Zynismus muss in Ihren Augen funkeln, der ja schon sprachlich in der griechischen Kultur fest verankert ist: *kynismós* (κυνισμός) steht für *Hündigkeit*.

Schritt 3

Und ganz wichtig: die überzogene Forderung. Fragen Sie gleich nach ein paar Millionen. Es muss so viel sein, dass die Chance der Rückzahlung bei Ihren armseligen Referenzen gleich null ist, sonst fliegt spätestens hier Ihre Tarnung auf, und man hält Sie bloß für einen gewöhnlichen deutschen Loser. Im Gegenteil. Es muss offensichtlich sein, dass Sie in einem halben Jahr alles verbraten haben und wieder vor der Tür stehen werden, um Nachschub einzufordern. Dann wirkt´s echt.

Allerletzte Zweifel an Ihrer Kreditwürdigkeit räumen Sie mit der hanebüchenen Geschichte aus der Welt, dass Ihr Schwager in Athen eine gehobene Beamtenposition einnimmt, und (*flüsternd*) »weiß Gott über genug Einfluss verfügt, um beim nächsten EU Griechenland-Kredit dick was in Ihre Richtung schieben zu können« (natürlich nur gegen das ortsübliche Fakelaki, versteht sich).

Der Banker muckt immer noch auf?

Erheben Sie sich ganz langsam. Sehen Sie ihm tief mit frisch erlernter, gesunder Hündigkeit in die Augen, und garnieren Sie Ihren Auftritt lässig mit dem Varoufakis Move. Jetzt weiß er ganz sicher, dass Sie ein skrupelloser, zu allem entschlossener griechischer Lebenskünstler sind. Kredit bewilligt.

Das Moor des Todes

Das Dilemma:

Sie lieben das Schwimmen – können es aber nur frühmorgens zur ersten Stunde (0630) einrichten, ins Schwimmbad zu gehen.

Nicht schon hart genug, sich vor der Arbeit zum Training motivieren zu müssen, ätzt sich nun auch noch die ungeschminkte Realität in Ihre Augen: Von Schwimmen keine Spur! Sie schlängeln sich ängstlich und hochalertiert durch einen Hindernisparkour nassgrauer, stinkender, umhertreibender Kadaver:

Seniorenschwimmen

Aber verflucht nochmal, Ihre berufliche Situation nötigt Sie optionslos und unbarmherzig in dieses gnadenlose Zeitfenster.

Tipp!

Benutzen Sie keine Anti-Beschlag Chlorbrille!

Sie wird Sie nur mit grausamen Unterwasserdetails füttern. Im Gegenteil: Zerkratzen Sie mit großgekörntem Schmirgelpapier die Gläser Ihrer Chlorbrille, so dass keine schrecklichen Konturen mehr, die stark angewesten Untiere selbst aber schemenhaft erkennbar bleiben. Denn noch schlimmer, als sie ungefiltert betrachten zu müssen, wäre es sicher, versehentlich mit der Nase voran auf eines aufzulaufen.

Tipp!

Geizen Sie nicht an der falschen Stelle!

Stecken Sie dem Bademeister ein sich gewaschenes Trinkgeld zu, damit er den Chlorgehalt des Wassers, der tödlichen Bedrohung geschuldet, *deutlich* erhöht.

Tipp!

Und um Himmels willen:

Fokussieren Sie Ihre ungeteilte Aufmerksamkeit, gerade wenn Sie Kraul schwimmen, auf die Atmung. Sie dürfen unter keinen Umständen beim Luftholen versehentlich etwas vom Wasser ingestieren. Die Optik täuscht! Sie schwimmen ganz sicher nicht in klarem, gesunden Wasser. Die Folgen wären unabsehbar!

Trash Poem©

Der Mensch lebt nicht vom Glück allein,
es darf auch etwas Horror sein

Glücksfall Depression

Die Standardreaktion auf eine Phase intensiver Niedergeschlagenheit

ist, den Kopf wie Charlie Brown zu senken und sich ihr hemmungslos hinzugeben. Inaktivität, Selbstmitleid bis Selbstzergeisselung. Alles dunkel. Vielleicht reicht´s noch für den Weg zum Arzt, der nur noch sedieren kann – das kreative Aus.

Dabei ist eine ausgewachsene Depression ein reiner Glücksfall. Sie ist absolut intolerant. Wer einmal im Besitz einer solchen war, kennt das: Kritik und Selbstkritik sind extrem exponiert. Sie ertragen kein Dummgeschwafel mehr. Mittelmäßigkeit kotzt Sie nur noch an. Und nicht nur die der anderen, auch Ihre eigene. Und genau hier müssen Sie ansetzen. Was sonst genügt, verursacht nur noch Abscheu. Der Künstler, der es in diesem Zustand fertig bringt, sich aufzuraffen und zu arbeiten, erklimmt plötzlich ganz automatisch nie auch nur im Traum erdachte schöpferische Sphären und wächst weit über sich selbst hinaus. Die von dieser grässlichen Niedergeschlagenheit bedingte Sehnsucht nach Größe und Schönheit, und der Hass auf Mittelmäßigkeit, sind das die Depression charakterisierende kreative Dream Team.
Nicht genug damit, auf einen solch´ glücklichen Gemütszustand zu hoffen, fordert der echte Künstler, der noch einen Hauch von Anstand in sich trägt, das Schicksal bewusst heraus. Er schlägt sein Gemüt ab und an selbst mutwillig zu Boden, um sein Publikum nicht mit dem Gewöhnlichen zu Tode zu langweilen. Im Streben nach wahrer Größe.
Ich gestehe, das mag dem einen oder anderen etwas befremd-

lich dünken. Doch die Ergebnisse sprechen für sich und entlohnen garantiert jedweder Qualen.

Tipp!

Beschwören Sie also aktiv den Zustand der Depression herauf. Treten Sie dazu Ihre eigenen, Ihnen besonders wichtigen Werte mit Füßen.

Sind Sie zum Beispiel asozial veranlagt mit Rechtspopulismushintergrund, müssen Sie einfach irgendeine Hilfsorganisation für Flüchtlinge unterstützen, und zwar sowohl finanziell, als auch durch ehrenamtliche Tätigkeiten. Um ganz sicher zu gehen, stellen Sie sich bei der nächsten Pegida Kundgebung auf die Seite der Gegendemonstranten und brüllen so laut mit, dass all Ihre Freunde auf der Pegidaseite garantiert auf Sie aufmerksam werden. Die werden Ihre neue Gesinnung mit irreparabel sozial ausgrenzenden Gesten und Verbalattacken zu quittieren wissen. Das müsste reichen, um Sie so richtig runterzuziehen.

Sind Sie aber sozial veranlagt, begeben Sie sich zum größten Drogenumschlagplatz Ihrer Stadt. Suchen Sie sich nun den heruntergekommensten Junkie aus. Warten Sie unauffällig, bis er seine letzte Einheit Heroin im Löffel aufkocht. Nun gehen Sie strammen Schrittes auf ihn zu und treten ihm den Löffel beherzt aus seiner Hand. Beschimpfen Sie den armen Kerl dabei so heftig, als wären Sie völlig irre. Das mindert seine durchaus berechtigten Rachegelüste (in seinem geschwächten Zustand haben Sie aber sowieso kaum Gegenwehr zu befürchten). Sollte Ihnen jetzt noch wohl sein, wiederholen Sie diesen Vorgang mit den erschrocken dreinblickenden übrigen Junkies so oft, bis Sie den letzten Rest an Respekt Ihnen selbst gegenüber ausgehaucht haben.

Frisch frustriert machen Sie sich nun ans Werkeln. Schnappen Sie sich irgendein kunsttaugliches Medium (z. B. ´ne blutige Spritze der von ihnen gerade gebashten Junkies plus weißer Leinwand), und arbeiten Sie all die aufgestaute Energie daran ab. Ob beängstigend tief düster oder unendlich sehnsüchtig zart spielt dabei keine Rolle. Es wird auf jeden Fall etwas sehr, sehr Extremes resultieren. Das kann Ihnen schlagartig zu Geld und Ruhm, sowie hoher Anerkennung und Neid in Ihrem Freundeskreis verhelfen (falls Sie jetzt noch Freunde haben sollten. Denn bedenken Sie: Die Kunst liebt den Zustand der Depression, Ihre Umwelt nicht).

Der Gedanke ist berechtigt: Kann dieses Spiel mit dem Feuer nicht auch schlecht für mich ausgehen? Vernichtende Konsequenzen haben? Vielleicht. Trotzdem: No risk, no glory!

Pofalte und Co.

Männchen, Transen,

penisneidgesteuerte Weibchen mit überhöhtem Testosteronspiegel, Hermaphroditen, Genderaner jeder Art, also eigentlich so ziemlich alle zweibeinigen Erscheinungen und auch Ihr Hund kennt das Problem: Erst sich leise anschleichend, Sie eines Tages aber mit einer fetten Klatsche vor vollendete Tatsachen stellend, ist es einfach da: Wo einst noch zwei Blättchen reichten, benötigen Sie jetzt eine gefühlte halbe Klopapierrolle, um Ihre dicht verwilderte Pofalte vom Stuhl zu befreien. Das ist bei diesem unsittlichen Haarwuchs natürlich nie gänzlich möglich. Und so potenziert sich der Abrieb bis zur nächsten Dusche ganz ordentlich. Bei No Poo-Jüngern noch unanständig mehr. Zu haftcremeartigen Sandkörnern, über Graupel-Maße, beachtlichen Hagelgrößen, bis schließlich, den Anziehungskräften gedankt, sich ein mittelgroßer, der individuellen Form ihrer Pofalte verdächtig ähnelnder, bananenförmig bewohnbarer Exoplanet gebildet hat. Und nach seinem Sturz in die Sonne werden Sie stutzig, wieso der Braten schon in der Kloschüssel dümpelt, obschon Sie die Abfallluke noch fest verschlossen glaubten. Was machen mit der fiesen Körperbehaarung?

Tipp!

Scheißen Sie einfach drauf (No Poos tragen aber bitte Inkontinenzwäsche!).

Und das Strandproblem? Wie oft hat man Sie schon des FKK-Strandes verwiesen, weil Sie nackt aussehen, als hätten Sie einen Badeanzug an! Wie oft Sie an den Hundestrand geschickt aus Angst, Sie könnten den normalen Strand derartig zuhaaren, dass selbst die Füße von komplett unbehaarten Dermotrichie-Junkies schon nach der kurzen Strecke von Handtuch nach Wasser die denen eines ausgewachsenen Hobbits ähneln!

Tipp!

Leisten Sie sich einen dünnen Neoprenanzug, mit dem Sie sich wieder frei und, noch wichtiger, mit ruhigem Gewissen am Strand bewegen können, da nun die Zahl der von Ihrem Anblick traumatisierten Kinder deutlich zurückgehen wird.

Novize oder Experte

Wenn alles glatt läuft. Das Leben so richtig Spaß macht.

Gerade dann schlägt das Schicksal mit einer besonders heftigen Gemeinheit zu. Kommt einem subjektiv zumindest so vor. Dabei sind diese Störfaktoren meist von kaum nennenswerter Intensität. Was sie aber gefühlt so unangenehm macht, ist, dass sie uns jäh aus einem seltenen Höhenflug herausreißen. Werden Sie auf einem hohen Rosse sitzend angepinkelt, wirkt das deswegen intensiver als gewöhnlich, weil Sie nie erwartet hätten, dass jemand schon rein physikalisch gesehen den Druck aufbringen könnte, eine Stange in diese Höhe abzuschlagen. Allein die Tatsache, dass man sich erdreistet, Sie in Ihrem Paradies zu belästigen, lenkt Ihre ganze Aufmerksamkeit auf das insektäre Individuum, von dem die Störung ausgeht. Weg vom schönen Paradiese. Und das ist der Kardinalfehler. Sie müssen es genau andersrum angehen. Es gilt folgende Faustregel:

Der Novize fokussiert den Störer, der Experte den Handlungsvektor

Tipp!

Wenn sich die hübsche Brünette, die Sie gerade in der Bar angegraben haben, als in festen Händen befindlich herausstellt, was Sie am festen Fausthieb ihres vom Klo zurückgekehrten Freundes dingfest machen können, müssen Sie dringend am Handlungsvektor festhalten. Sprich: auf gar keinen Fall den Störer (hier: den Freund) fokussieren. Erstens würde der glatzköpfige Hühne wie ein scharfer, blutrünstiger Kampfhund reagieren: Die werden nur noch aggressiver, wenn Sie ihnen in die Augen sehen. Setzen Sie also seelenruhig Ihre Umwerbungsbemühungen fort. Und zweitens wird die schmerzliche Wirkung des nächsten Hiebes beim Fokussieren des Handlungsvektors (hier: das schöne Gesicht der Brünetten) gefühlt deutlich abgeschwächt.

Na ja, dass er sich jetzt ignoriert und despektierlich behandelt fühlt, bloß weil Sie trotz seines heftigen physischen Bettelns um Ihre Aufmerksamkeit nur seine Freundin anstarren, ist reines Pech. Sonst funktioniert der Trick mit dem nicht in die Augen gucken sehr gut. Dennoch: Bleiben Sie am Handlungsvektor dran! Hören Sie nicht auf, die Hübsche noch im Weggehen weiter anzuhimmeln, und ihr trotz blutverschmierten Gesichtes das schönste Lächeln zu schenken, das Sie zu bieten haben. Sie wird Ihre unglaubliche Dreistigkeit tief in ihrem Herzen speichern. Und wer weiß, sollte sie irgendwie von Hektor irgendwann genug haben, und Ihnen zufällig irgendwo begegnen...
(Übungen zum Thema finden Sie im Kapitel »Achtsamkeit«)

Tipp!

Kein Höhenflug, kein tiefer Fall. Häufen sich auffällig viele positive Ereignisse in Ihrem Leben, muss sofort die Bremse gezogen werden. Sie müssen ohne zu zögern Maßnahmen gegen diese unheilbringende Glückssträhne einleiten. Ziehen Sie sich lieber selbst etwas runter, bevor das Schicksal es tut. Aber bitte: keine physische Gewalt! Sie sollen sich deswegen nicht selbst verletzten, um Satans willen, woran denken Sie denn schon wieder. Es ist völlig ausreichend, dieses dämliche Dauergrinsen aus Ihrem Gesicht zu nehmen, das ja verständlicherweise nur für Neid sorgen wird. Der könnte Ihnen schlimmstenfalls dann wirklich ein blaues Auge bescheren.

Die Mär vom altersbedingten Haarausfall

Die Haare gehen mit der Zeit aus. Punkt.

So die allgemein verbreitete Meinung. Das ist natürlich völliger Unsinn, wo doch heute jeder auch nur halbwegs gebildete Mensch, der wenigstens einmal in seinen Leben einen Friseurbesuch abgeleistet und den Anstand gehabt hat, nicht auf einen Trockenschnitt zu bestehen, sondern sich, wie es sich gehört, die Haare vorher bitte hat waschen lassen und somit in den Genuss einer professionellen Kopfhautpflege gekommen ist, weiß, dass die Kopfhaut regelmäßig, beim Haarewaschen und auch sonst mal zwischendurch, massiert werden muss, damit die Durchblutung der Haarwurzeln angeregt wird und diese sich so mit einer dichten Matte bei Ihnen bedanken können (Puuh! Verdammt langer Satz).

Hier, und nur hier, liegt der Hund begraben. Mit dem Älterwerden hat das nämlich aber auch wirklich gar nichts zu tun.

Dieses Wissen ist übrigens in unseren Genen noch fest verankert. Wegen dieser über Jahrtausende überlieferten atavistischen Intinkte streicheln Eltern bis heute ganz automatisch, wann immer sie können, ihren Kindern durch die Haare, in dem unterschwelligen Wissen, dass die Kleinen sonst bereits im Kitaalter haarausfallbedingt wie alte, kranke Ratten rumlaufen müssten. Sehr unschön.

Um sich abschreckende Bilder zum Thema anzusehen, müssen Sie bestätigen, dass Sie über achtzehn sind.

Vielen Dank.

Begeben Sie sich jetzt zum Anhang dieses Buches. **Warnung:** *Die Bilder im Anhang enthalten Details, die einige Personen verstören könnten.*

Nun streichelt einem aber als Erwachsener in der Regel kaum jemand mehr durch die Haare, und die vom Friseur empfohlene Selbstmassage wird selten konsequent durchgezogen. Was also tun?

Tipp!

Fordern Sie Ihre Umwelt auf, wann immer sie Ihnen begegnet, Ihnen durchs Haar zu streicheln. Vergessen Sie aber auf keinen Fall zu erwähnen, dass dieses a) gewaschen ist, und b) Sie fest davon überzeugt sind, dass die Geschichte vom altersbedingten Haarausfall dem Reiche der Märchen zuzuordnen ist. Erklären Sie dazu dringend *ausführlich* oben beschriebenen Denkansatz, sonst könnte es sein, dass man Sie versehentlich für ein notgeiles, hoch anschlussmotiviertes altes Sexbeast auf der Suche nach 'nem schnellen Fick hält und Sie wegen Ihres als aufdringlich empfundenen Strebens nach dichterem Haar im Gefängnis landen. Das könnte andererseits aber wieder von Vorteil sein, da Sie dort bestimmt jemanden finden, der Ihnen gerne durch die Haare streichelt. Leider sicher nicht ohne Gegenleistung (z.B. der, sich auch von Ihnen streicheln zu lassen, dummerweise aber an Stellen, die Ihnen eventuell nicht so angenehm sind und an denen üblicherweise gar kein Haarausfall zu erwarten wäre, ganz im Gegenteil...). Also: Vorsicht ist geboten!

Trash Poem©

Don´t be steif
In the life

Erweiterung des Zwänge-Repertoires

Mit diebischer Wonne

haben Sie der ausgewachsenen Kontrollzwangsstörung Ihres Nachbarn gelauscht. Der Tag ein Tag aus beim Verlassen seiner Wohnung die Tür zuerst zuschloss, dann heftig an ihr rüttelte, um zu überprüfen, ob sie auch wirklich verschlossen war, worauf er, wohl aus mangelnder Überzeugung, dass die Tür nun auch wirklich, wirklich, wirklich, wirklich, wirklich verriegelt war, diese wieder aufschloss, um den ganzen Vorgang zu wiederholen. Im Schnitt zwischen sechs und sieben Mal. Manchmal öfter.

Ihren eigenen Hang zu Zwangsgedanken haben Sie relativ spät bemerkt. Erst, als das morgendliche Ritual überhand genommen hatte. Der Wecker immer weiter vorgestellt wurde. Um fünf Uhr waren sie bereits geduscht, das Frühstück bereitet, und saßen auf dem Camping-Hocker im Treppenhaus, um das Tür-Spektakel eben jenes Nachbarn keinesfalls zu verpassen. Der verließ seine Wohnung aber erst um 08:20 Uhr. Kontinuierlich gesellten sich weitere unsinnige Obsessionen, absurde Dinge zu tun, dazu. Sie zählen die Wörter eines Buches, statt sie zu lesen. Ebenso die Schilder und Ampeln auf dem Weg zur Arbeit. Kahle Stellen säumen ihren Kopf, wegen der aus Zorn über Ihre eigenen Zwänge herausgerissenen Haare. Die konnten Sie zumindest noch damit erklären, dass Sie als Kind nie gestreichelt wurden. Größere Sorgen bereitete Ihnen die Unsicherheit über Ihre Aktivitäten: »Habe ich meinen Ex gestern, wie schon vorher tausendmal in Gedanken durchgespielt, wirklich abgestochen? Ob ich mal bei der Polizei nachhake, ob da irgendwas passiert ist?«

Mittlerweile ist die Liste so lang wie Ihr Wunsch danach groß, normal zu sein. Ihre aggressiv gotteslästerlichen Zwangsgedanken sind übrigens nur ein Zeichen gesunden Menschenverstandes, auf die Sie stolz sein dürfen. Die nehmen wir raus. Aber was machen wir mit dem Rest?

Tipp!

Tarnen Sie Ihre Zwänge. Verzichten Sie beim Betreten ihrer Firma darauf, zu kontrollieren, ob die Eingangstür ins Schloss gefallen ist. Weiterlaufen. Ein einziger Kontrollvorgang in Ihrer Welt entspricht mindestens fünf Vorgängen in der realen. Jetzt die Treppe hoch. Nicht laut die Stufen zählen! Beschäftigen Sie Ihren Mund anderweitig (Lippenstift auftragen etc.). Nächste Tür. Wieder schnell passieren. Die Bitte »Könnten Sie freundlicherweise die Tür schließen?« mit vorgetäuschtem Telefongespräch überspielen. Eine kleine Unbeliebtheit bei den Kollegen ist immer noch besser als aufzufliegen und den Job zu verlieren. Mittagspause. Erste Panik-Attacke. Achten Sie beim gemeinsamen Speisen mit Kollegen in der Kantine darauf, das Essen auf Ihrem Teller nicht geometrisch anzuordnen. Oder noch fataler, es ständig so lange umzustellen, bis die Mittagspause vorbei ist, bevor Sie auch nur einen einzigen Happen zu sich nehmen konnten. Fühlen Sie sich auch dazu nicht im Stande, verlassen Sie die Firma und kaufen sich beim nächstgelegenen Italiener eine Pizza Calzone. Die ist verschlossen, also Zwangsi-geeignet. Dem krankhaften Arrangeur in Ihnen bleibt der Belag vorenthalten. Keine Möglichkeit also, mit ihm rumzuspielen. Halt! Stimmt, Sie haben recht. Wenn Sie reingebissen haben, erschließt sich ja ein ganzer Vergnügungspark an Beschäftigungsmöglichkeiten. Am besten zahlen Sie die Pizza Calzone im Voraus, beißen einmal großräumig ab und dann nichts wie raus!

Feierabend. Den Computer keinesfalls herunterfahren. Sie wissen, dass sich auch auf einem abgeschalteten Monitor für Sie noch so einiges an Optik abzeichnet. Das macht es Ihnen unmöglich zu erkennen, ob das verdammte Ding nicht doch noch an ist. Gehen Sie auf Nummer Sicher. Ziehen Sie einfach rüde den Verteilerstecker von Computer und Monitor heraus und stopfen eine auffällig bunte Serviete in die Steckdose. Jetzt können Sie den Stecker nicht mehr in die Steckdose stecken, um zu kontrollieren, ob der Stecker in der Steckdose steckt. Oder kriegen Sie selbst das hin? Chapeau! Dann hilft Ihnen vielleicht der nächste

Tipp!

Erweitern Sie Ihr Zwänge-Repertoire noch freiwillig, um sinnfällig substituieren zu können: Die Angst, sich durch Anfassen von Türklinken oder Wechselgeld mit HIV zu infizieren, ist fix draufgeschafft. Mit diesem neuen Zwangsgedanken eliminieren Sie z.B. leichthändig den qualvollen Kantinenbesuch mit den Kollegen. Dann geht die Stunde Mittagspause nämlich fürs Händewaschen drauf.

Gewöhnungsprozesse

Der menschliche Geist gewöhnt sich ja wirklich an alles.

Glücklicherweise auch an die schlimmen Dinge im Leben. Und wenn dann das Schlimme passiert, dann ist es nur genau in diesem kurzen Augenblick, wo es *beginnt* zu passieren, am schlimmsten. Denn danach setzt ja sofort der Gewöhnungsprozess ein und alles wird umgehend folglich besser und besser. Es geht also nur um diesen ganz kleinen Augenblick, wo das Schlimme anfängt zu passieren, der so furchtbar ist.

Wir können also getrost, wenn uns gerade etwas Schlimmes passiert, aufatmen, weil das Schlimmste dann ja logischerweise schon vorbei ist und wir uns bereits im alles heilenden Gewöhnungsprozess befinden.

Tipp!

Versuchen Sie doch einfach mal Glück zu empfinden, wenn Ihnen die nächste Horrornachricht ins Haus fliegt. Vielleicht quittieren Sie es auch mit einem aufrichtigen »Yes!« wenn eine Horde alkoholisierter Jugendliche frühmorgens am Alex gerade, durchaus pflegebewusst, die Schuhe in Ihrem Gesicht zu säubern versucht, während Sie, mittlerweile stark blutend, am Boden liegen. Denn Sie haben allen Grund zum Jubeln, weil Sie sich ja bereits mitten im Gewöhnungsprozess befinden und das Schlimmste natürlich schon längst vorbei ist. Also dieser erste, winzige Augenblick.

Klingt logisch? Ist auch logisch und macht alles viel viel erträglicher!

Heilsame Flora

Blähungen,

Wohlsein, Unwohlsein, der Hang zur schnellen Gewichtszunahme oder auf der anderen Seite alles in sich hineinstopfen zu können und dabei spindeldürr zu bleiben – über all das entscheidet wissenschaftlich erwiesen unsere Darmflora. Und weil dem einen oder anderen eine gesunde Bakterienvielfalt oft fehlt, haben da einst pfiffige Gastrometeorologen das Plumpsklo entwickelt, damit ein heilbringender Austausch unter der Bevölkerung stattfinden kann.

Dummerweise verhindert der natürliche Instinkt des Menschen bei der Stuhlabgabe in das Plumpsklo leider die fäkale Hochzeit. Beinahe panisch werden beim Benutzen öffentlicher Toiletten Unmengen an Klopapier über der Pfütze statisch geschickt aufgehäuft, damit beim Wursten bloß kein Spritzer das Gesäß benetzen möge. Und genau das ist verkehrt, nicht im Sinne des Erfinders, und dient einzig und allein dem Rohrreinigungsunternehmen, das sich für teuer Geld um den verstopften Abfluss kümmern darf.

Tipp!

Überwinden Sie Ihren Ekel und schöpfen den bakteriellen Reichtum des Plumpsklos in vollen Zügen aus.

1. Suchen Sie eine stark frequentierte öffentliche Toilette auf.
2. Vergewissern Sie sich, dass Ihr Vorbenutzer groß gemacht,

und dabei hoffentlich nur schlampig gespült hat. Lassen Sie sich dabei ganz instinktiv von Ihrer Nase leiten. Sie erkennen ein geeignetes Objekt am warmsüßlichen Goût und einer gelb-bräunlichen Pfütze (Jackpot! Es schwimmen noch kleine, sämige Stückchen darin). Sollten diese Voraussetzungen nicht gegeben sein, wechseln Sie so oft den Lokus, bis alle Anforderungen erfüllt sind.

3. Auf gar keinen Fall vorspülen! So vertreiben Sie nur die vereinigungswilligen Darmbakterien Ihres Vorbenutzers, und alles war umsonst.

4. Und nun hinsetzen und kräftig drücken, damit beim Plumps in die Jauche eine möglichst große Spritzwirkung erzielt wird. Je intensiver der Schuss, um so reichhaltiger die Ernte.

5. Die nun hoffentlich an Ihrem Gesäß haftenden Spritzer mit dem rechten Zeigefinger einsammeln.

6. Den Finger danach behutsam in die Po-Öffnung einführen, und mit linkskreisenden Bewegungen das kostbare Bakteriengut in die Darm*innen*wand(!) einmassieren.

7. Sollte es nicht gespritzt haben, tauchen Sie einfach den rechten Zeigefinger in die Jauche und folgen Schritt 6.

8. Dann den Po bitte nur *angedeutet* abputzen. Bakterien sind in ständiger Bewegung. Aus den von Ihnen als Juckstellen empfundenen Zonen finden gut und gerne einige Tausend noch ein paar Stunden später den Weg ins Zielgebiet. Stören Sie sie nicht auf ihrer Karawane und unterdrücken Sie so gut wie möglich Ihren Kratzimpuls.

Fertig! Wenn Sie diesen Prozess regelmäßig wiederholen und Probleme mit Ihrer Darmflora hatten, sollte innerhalb kürzester Zeit eine deutliche Verbesserung zu verspüren sein. Neigen Sie aber auf einmal schon beim bloßen Anblick eines Donuts zur

Fettleibigkeit, haben Sie dummerweise die falschen Bakterien erwischt. Keine Panik! Das kriegen wir leicht wieder hin. Geben Sie sich in besagter stark frequentierter öffentlicher Toilette als Kloputzfrau aus und beobachten das Klientel genauestens (das Kleingeld stecken Sie ruhig ein). Haben Sie einen geeigneten, weil schlanken Spender ausfindig gemacht, folgen Sie bitte den Schritten 2 bis 8. Doch aufgepasst! Das bulimisch veranlagte Möchtegernmodel im Gerippe-Look lassen Sie bitte aus. Es ist nicht natürlich dürr und neigt womöglich selbst zur Adipositas.

Vorfreude – Nachfreude

Die Vorfreude ist wohl deshalb eine der schönsten,

weil sie unserer Fantasie unendlichen Spielraum für angenehmste Antizipationen lässt. Da kann sich jeder hübsch seine individuelle Traumveranstaltung zusammengretschen, mit Farben klotzen. Alles wird ganz toll werden. Gekonnt wird das Ego heroisiert, Freunde zu den Hippsten überhaupt stilisiert, und unmerklich jedwede störenden Aspekte dieser ausgeblendet, gleichsam wie's der Pfarrer macht, wenn er auf dem Friedhof bei einer Beerdigung skrupellos erfundene Lobgesänge auf den Dahingerafften anstimmt. Hier müssten einem eigentlich schon die Alarmglocken angehen. Doch machten wir uns diesen Selbstbetrug bewusst, wäre es ja schon wieder vorbei mit der Vorfreude, und ihre Existenz zu Unrecht in Frage gestellt. Denn sie bereichert das Leben auf sehr angenehme und auch ungefährliche Weise. Das Gefühl der Vorfreude übertrifft das ihm folgende reale Ereignis, dem es gern im Vergleich zum ersponnenen Paradies drastisch an Perfektion mangelt, oft um Längen. Die Vorfreude ist also viel wichtiger als die eigentliche Sache selbst und muss mit Liebe ausgekostet werden.

In deren Genuss kommen kann man natürlich nur, wenn man sich ordentlich was vornimmt. Also ist es furchtbar wichtig, aktiv zu sein. Je mehr man sich vornimmt, um so mehr Vorfreuden darauf, und folglich um so schöner das Leben. Logisch. Ein aber fast noch wichtigerer Grund, aktiv zu werden, ist die Nachfreude. Denn hier geschehen wundersame Dinge: War etwas in der Vergangenheit »schön«, wird's im Nachhinein gern als »wahnsinnig schön« beschrieben und dann auch so empfunden. Wenn etwas »ganz nett« war, wird in der Reflexion daraus eine »Super Zeit!«, die man da zerlebt hat. Hat man aber Schreckliches und Peinliches durchgemacht – z. B. unmenschlich betrunken auf allen Vieren nach Hause kriechen, und sich von der Fremden auch noch die Treppe hoch helfen lassen müssen, die sich am nächsten Morgen als eine gut erhaltene, geile Omi enttarnt, die frech die Gunst der Stunde genutzt hat – empfindet man in den Tagen danach eine tiefe, beinahe unerträgliche Scham. Und doch schmiert man sich diese schmerzliche Erfahrung irgendwann, ein paar Monate oder auch erst ein paar Jahre später, garantiert auf die eigene Fahne. Nämlich dann, wenn beim gemütlichen Zusammensein mit Freunden das Wettprahlen beginnt. Wenn ausgefochten wird, wer die härtesten, peinlichsten und zugleich lustigsten Dinge verlebt hat.

Die Zeit also entscheidet hier ganz klar über Wohlsein und Unwohlsein, genauer gesagt das Vergehen der Zeit. Aber die Zeit ist keine feststehende Größe, sie lässt sich beeinflussen. Und genau hier müssen Sie ansetzen:

Tipp!

Verlieren Sie keine Zeit mit monatelangem Rumärgern, Schämen oder noch schlimmeren entzündungsfördernden und lebensverkürzenden Gedanken. Stellen Sie *sofort* den Abstand zu dem durchlebten Albtraum her, für den Sie normalerweise vielleicht Jahre benötigten. Und mit sofort meine ich wirklich nur einen einsamen Wimpernschlag.

Benutzen Sie zur Übung folgendes 3-Phasen System für ein angenehmeres, aufregenderes und sehr viel philosophischeres Leben:

Phase 1

Planen Sie möglichst viele angenehme Aktivitäten, z. B. einen Theaterbesuch, ein gepflegtes Essen usw. – und schon beschert Ihnen die Vorfreude ein wunderbare Zeit.

Phase 2

Vermasseln Sie jetzt diese Aktivitäten ordentlich. Blamieren Sie sich! Lassen Sie ganz ungezwungen die Sau raus, so peinlich und entwürdigend wie möglich, denn auch die Bestie in Ihnen fordert ihren Tribut und lässt Sie, einmal gut befriedigt, als Gegenleistung wieder eine Weile in Ruhe.

Phase 3

Wenden Sie nun das Prinzip sekundenschneller Verjährung an. Machen Sie sich nur einen winzigen Augenblick später glaubhaft klar, wie verdammt cool Sie eigentlich drauf sind, statt sich selbst unsinnig zu geißeln. Reduzieren Sie die unangenehme, üblicherweise sehr lange Verarbeitungssequenz auf ein zeitliches Nichts, und genießen Sie durch den so entstandenen Abstand sofort die damit gewonnene Nachfreude. Mit dem Humor des am Galgen hängenden Todgeweihten, das Ende unkündbar vor Augen.

Trash Poem©

Kosmonaut, Kosmonaut,
du hast die Braut mir eingesaut

Fußball WM 2018

Geheimbund. Mafia. Regierung.

Das Kind hat viele Namen. Spielt letztlich keine Rolle. Allen gleichsam bewusst ist die unbändige, kriegerische, ökonomisch motivierte Lüsternheit unserer Spezies. Um kostspielige Kriege zu vermeiden und dabei jedem einigermaßen gerecht zu werden, trifft man sich alle vier Jahre und trägt´s auf dem Rasen aus. Der Sieger profitiert wirtschaftlich vom Weltmeisterbrot und unzähligen anderen Prokuktverweltmeisterungen. Und natürlich vom Ruhm, wozu auch immer das gut sein soll.

Rekrutiert wird im sozialen Brennpunkt. Oft selbst misshandelt und ohne Geld für einen eigenen Fußball, bleibt dem prekären Kind nichts anderes übrig, als am lebenden Objekt zu trainieren. Und so verfeinert es seine Fußtechnik am Cranium des sich unfreiwillig horizontal zur Verfügung stellenden Wohnblockopfers. Der schwierige Umgang mit der ungleichmäßigen Form des Ersatzballes verhilft dem Übenden zu einer derartigen Geschicklichkeit, dass er später mit dem im Verein durchgängig gerundeten Ball viel besser umzugehen weiß als die anderen. So hebt er sich schnell von der Konkurrenz ab. Die notwendige verbissene Egozentrik eines erfolgreichen Torjägers hat er sich bei seinem Stets Sternhagelvollen Stiefvater (SSS) abgeguckt.
Und tatsächlich ist das Fußballstadion nichts weiter als ein gewöhnlicher Kriegsschauplatz mit den üblichen herangezüchteten Tötungsmaschinen. Monkey see, Monkey do. Die sadistischen, bis zur Unkenntlichkeit verzerrten Gesichter der Spieler nach einem erzielten Tor zeugen davon. Dieses unheimliche Leuchten in den Augen sieht man sonst nur bei Kriegern, die

ihrem Gegner gerade den Kopf mit bloßen Händen abgerissen haben. Auch die atavistisch anmutenden Zuschauerreaktionen ließen eher ein blutbesudeltes Massaker in einer vorchristlichen römischen Arena erahnen. Parallelen zum Schlachtgeschehen offenbaren sich allenthalben. Bei Ronaldos Freistoßzeremonie z. B. lässt sich noch genau erkennen, wie der Mörser im behäbigen Rückwärtsgang geladen, das Ziel hochkonzentriert angepeilt, das ungewaschene *Zipfi* breitbeinig abgehängt, im Bestreben, bei günstigen Windverhältnissen die gegnerische Mauer olfaktorisch in die Knie zu zwingen (Giftgaseinsatz), um schließlich dem deutlich geschwächten Feind erbarmungslos die tödliche Granate ins Herz zu feuern. Das ist das wahre Fußballgeschehen.

Kriegerischer Fußballarbeiter

Tipp!

Melden Sie Ihr Kind nicht im hiesigen Weicheier Boxverein an, wo *Safety First* und *Fairness* groß geschrieben werden. Im Fußballverein, dessen offenkundig verwahrloste Mannschaft den Neuling zähnefletschend willkommen heißt, sind Sie an der richtigen Stelle. Hier lernt es, seinen frühkindlich natürlichen Vernichtungstrieb sinnfällig zu entwickeln. Mit einem echten Ball zu spielen, bewahrt Ihr Kind zudem davor, Dummheiten zu machen, und gibt ihm die einmalige Chance, stinkereich zu werden. Und auch das introvertierte, schmächtige Nachbarkind, dem auf diese Weise weiteres Unheil erspart bleibt, wird Ihnen auf ewig dafür dankbar sein.

Die Unterbewusstsein

Nein, kein Druckfehler, der Plural ist gemeint.

Denn die Unterbewusstsein müssen Sie sich als ein Zwillings-
paar kleiner, listiger Hofnarren vorstellen, von denen Sie aber
immer nur einen zu Gesichte bekommen. Der stellt sich vor Sie
hin, beginnt zu tanzen, zu singen, und Ihnen lustige Geschich-
ten zu erzählen, während der andere Ihnen hintenrum, weil Sie
gerade so schön abgelenkt sind, Ihr Konto leerräumt. Davon
bekommen Sie natürlich nichts mit. Geschieht alles unterbewusst. »Subliminal« sagen die Psychologen. Drei Tage später
checken Sie Ihren Kontostand, wollen ein paar Rechnungen
zahlen, und müssen feststellen, dass gar kein Geld mehr dafür
da ist. Und dann, dann hören Sie sie wieder: diese Stimme. Die
haben Sie schon mal gehört. Eine sehr euphorische, furchtbar
selbstverliebte und viel zu laute Stimme, die da immer wieder
schallt: «Lokalrunde». Und erst jetzt lichtet sich der Nebel: «Ja,
das könnte meine eigene gewesen sein.»

So endet das Ganze, wenn´s noch einigermaßen gut gelaufen ist. Wenn´s schlecht gelaufen ist, bekommen Sie zusätzlich
einen Anruf von einer alten Klassenkameradin, die nicht nur
von besagter Lokalrunde profitierte, sondern Ihnen auch noch
offenbart, dass Sie neben Ihrer eigenen Familie demnächst noch
eine zweite zu ernähren haben. Weil just in dem Augenblick, da
Sie sich hackedicht das Kondom überziehen wollten, wieder dieser kleine, lustige, tanzende und singende Hofnarr aufgetaucht
ist, auf den Sie wie paralysiert gestarrt und nicht bemerkt haben,
wie sein Zwilling Ihnen hintenrum das Kondom aus der Hand
gerissen hat. Da trifft Sie natürlich keine Schuld, denn das alles

passiert ja unterbewusst, also subliminal. Und dagegen machen können Sie auch nichts. Selbst wenn Sie sich vorgewarnt beim nächsten Auftritt des Narren blitzschnell um 180° drehen: Sein Zwilling wird ganz sicher der Schnellere und schon verschwunden sein. War er immer. Und hat auch immer mit Ihnen gemacht, was er wollte.

Tipp!

Nehmen Sie mit buddhistisch anmutendem Stoizismus den Tatbestand an, dass Sie hier aber auch wirklich gar nichts zu melden haben. Jeder Versuch, gegen die Zwillinge anzukämpfen, käme dem Ritt einer hawaianischen Monsterwelle gleich. Der Surfer aber weiß: «You can´t fight those big waves!», denn sie entspringen Ihren innersten, tiefsten triebhaften Abgründen. Und das sich Ihnen als kontrollierendes *Etwas* präsentierende Bewusstsein spielt nicht mal ansatzweise in einer ähnlichen Liga. Ihr »Es« ist der Chef im Laden. Basta! Genießen Sie einfach das Leben, das es Ihnen aufdrückt, und kümmern Sie sich endlich um Ihre unehelichen Kinder!

Gilf Therapie

Hat die sich jetzt wegen mir weggesetzt?

Wenn Sie sich in der Bahn diese Frage stellen, weil sich das Ihnen eben noch gegenüber gesessene 19-jährige heiße Püppchen fluchtartig ins nächste Abteil gerettet hat, obwohl Sie erst dachten, sie würde nur aussteigen. Wenn Sie so im Nachhinein aber doch irgendwie einen Zusammenhang zu Ihrem auf den Minirock der jungen Dame angefrorenen Blick zu erkennen glauben. Wenn Sie sich trotz stinkender Geilheit in das arme Mädchen hineinzuversetzen vermögen, das den Speichelschwall mit ansehen musste, der Ihnen aus dem linken Mundwinkel absabberte.

Dann sollten Sie sich endlich eingestehen, dass Sie die 40 weit überschritten haben, und nun selbst einer der abstoßend alten, gaffenden Böcke sind, die Sie früher immer so widerwärtig fanden.

»Mein Gott, hält der mich jetzt für ´ne alte, zerknitterte geile Mutti?« wäre die analoge Reaktion der Frau über 40 auf den halb schreckhaften, halb irgendwie doch erregten Blick des gegenüber sitzenden hübschen Jünglings.

Meine Damen und Herren, Ihre Balzversuche sind nicht mehr gefragt! Das kann selbstverständlich nicht so weiter gehen.

Tipp!

Männer tragen Hartschalen-Sackschutz (der schützt vor auffälligen Beulen), Frauen Binden (wegen der Sitze).

Tipp!

Benutzen Sie bis zur im nächsten *Tipp!* beschriebenen Dauer-
lösung übergangsweise eine verspiegelte Sonnenbrille. Sie muss
Scheuklappen haben (Alpin-Abteilung Sportgeschäft), weil
sonst evtl. Unbeteiligte seitlich auf Ihre ungebremste Lüsternheit
aufmerksam werden und Sie verraten könnten. Drehen Sie nun
zum Glotzen Ihren Kopf vom Objekt weg. Die Augen müssen
natürlich in die entgegengesetzte Richtung bewegt werden. Ja,
das ist anstrengend und fühlt sich reudig an. Muss aber, wenn
Sie´s partout nicht lassen können, Ihre unverschämt unange-
messene Geilheit mit einer warmen Empfindung zu befeuern.

Tipp!

(Frauen müssen diesem *Tipp!* nicht folgen, da ´ne fesche Milf
durchaus gefragt ist, siehe Dustin Hoffman in »Die Reifeprü-
fung«. Und die Mutter des besten Freundes gibt in der Pubertät
eines Jungen immer eine gern genommene imaginative Mastur-
bationsvorlage ab).

Männer konditionieren bitte Ihre niederen Instinkte um auf
andere, unproblematischere Attraktionen. Schließen Sie sich
dazu ein geschlossenes Wochenende mit Ihrem Laptop im Zim-
mer eines billigen Hotels mit WLAN ein. Betrachten Sie nun,
die innere kritische Instanz ausschaltend, mit aufrichtiger Lust
GILF-Pornos (Granny I´d Like to F...). Geilen Sie sich dabei
aktiv und ungehemmt auf, und zwar so offenherzig, bis Sie

wirklich glauben, dass das, was Sie da sehen, Sie heftig anturnt. Schleudern Sie nur ordentlich dabei, es sieht Sie ja niemand. Sie müssen es wirklich wollen! Klar wird es anfangs ungewohnt sein, aber Ihr sonst so professionelles Selbstlügengerüst vom harten Typ, der Sie gerne wären, kann hier endlich mal sinnvoll zum Einsatz kommen. Geben Sie nicht auf, auch wenn das erste Happy End sicher etwas auf sich warten lassen wird.

Ach ja, noch was: Benutzen Sie unbedingt den Tor-Browser. Dieser unansehliche Therapieansatz sollte möglichst ungetrackt bleiben, sonst ernten Sie wegen der folgenden Hardcore Fetisch Pop-ups auf Ihrem Desktop und Schmuddelflyer im Briefkasten noch sehr viel schrägere Blicke als damals in der Bahn.

Wenn alles geklappt hat, glotzen Sie bei der nächsten Bahnfahrt nur noch alte abgerissene, ranzige Omis an. Das ist gefahrlos, die sind dafür eher dankbar als angenervt. Lassen Sie sich aber nie auf ein Gespräch ein! Es sei denn, Sie möchten das. Dann wären sie definitiv austherapiert, Sie abnorm widerwärtiger Perversling!

Trash Poem ©

Dinge, an denen sich Krebse aufgeilen,
müssen nicht zwingenderweise
krebserregend
sein.

Der mit dem Rauch tanzt

Nikotin.

Nichts auf der Welt ist im Stande, ein ähnlich gieriges Verlangen im Menschen zu erzeugen. Raucher wissen das nur zu gut. Und der Staat sowieso. Der kann den Tabak aber aus gesundheitlichen Gründen, obgleich das tägliche Rauchen den Menschen erwiesenermaßen umbringt, nicht verbieten, denn: keine Tabaksteuer, keine Rentenauszahlung.

Doch selten gereicht, war Rauchen schon bei den Indianern ein beliebter Zeitvertreib, der keine nennenswert gesundheitsschädlichen Folgen hatte. Im Gegenteil: Sie waren stets gut bei Luft, zu Fuß und tiefgründig bis ins Greisenalter. Die haben´s richtig gemacht.

Wer die Nikotinprüfung in regelmäßigen Abständen bestand, also nach durchrauchter Nacht am nächsten Morgen wieder davon ablassen konnte, schritt gekräftigt seinen Weg voran. War im Vorteil gegenüber ängstlichen Risikovermeidern. Gefestigt für andere Prüfungen im Leben. Widerstehen zu können war das Maß aller Dinge. Dieser bereichernde, quasi unschädliche Gebrauch des Tabaks muss jetzt nur noch vom Staat attraktiv beworben werden. Klar: Wenn dadurch Kettenraucher zu gelegentlichen »Gesundrauchern« würden, senkte sich deren Verbrauch erheblich. Das entstehende Steuerdefizit müsste also ausgeglichen werden. Dies könnte z.B. durch eine Hochstufung der Krankenkassenbeiträge für Nichtraucher geschehen. Begründen ließe sich das in etwa so:

Der Nichtraucher verfügt, verglichen mit dem Gesundraucher, der ja regelmäßig beweist, was für ´n geiler *Bad Ass MF* er ist, über eine labilere Persönlichkeit. Das macht ihn empfänglich für Depressionen, was zu einem instabilen Immunsystem führt. Ständig krank, wird er zum teuren Langzeitpatienten. Deswegen steigen seine Beiträge. Konvertiert er aber zum indianischen Gesundrauchertum, stärkt das seine Persönlichkeit, folglich sein Immunsystem, was wiederum die Krankenkasse weniger belastet. Seine Beiträge werden dann gesenkt. Die Zahl der Konsumenten wird auf diese Weise erheblich steigen. Die geminderten Einnahmen ehemaliger exzessiver Kettenraucher werden durch die Flut an Neuzugängen mit links ausgeglichen. Es wären also keine Steuereinbußen zu erwarten, und allen ginge es viel viel besser.

Tipp!

Bis die Regierung auf diesen Zug aufspringt, entwickeln Sie Ihr eigenes »Kraft-aus-Verlangen-Fitness-Programm«. Gründen Sie *Tabaco First* Gruppen und legen Sie Regeln fest. Wer Schwäche zeigt, also täglich raucht oder, noch schlimmer, heimlich gar nicht raucht, wird mit einem Shitstorm aus Häme, Spott und den üblichen Peniswitzen belegt. Ersetzen Sie außerdem die ohnehin unwirksamen Horror Bilder auf den Verpackungen durch selbstgemachte Superhelden Sticker, die Ihr beachtenswertes Spiel mit dem Feuer untermalen. »Ultimate Resistor«, »The Unsmokable Smoker«, oder einfach »Der mit dem Rauch tanzt«. Das schafft Motivation. Nehmen Sie auch Ihre Kinder mit ins Boot. Unbeobachtet rauchen die eh schon mit spätestens elf. So lernen die wenigstens gleich den richtigen Umgang mit der Droge.

Durch den stark reduzierten Konsum können sich ehemalige Kettenlungenbräuner endlich richtige Zigaretten leisten und müssen nicht mehr den billigen verschnittenen Schrott aus Polen quarzen!

Fuchtel

Die gemeine Fuchtel ist ein verbissenes,

observatives, und damit einhergehend von Neid zerfressenes, herrschsüchtiges Ein-Mimik-Wesen. Wir wollen es der Einfachheit halber mal EMW nennen. Also, das EMW könnte zum Beispiel eine abgebitchte Beauty-Youtuberin oder eine finstere, kurz vor der Pension stehende brandenburgische Grundschullehrerin mit Stasi-Vergangenheit sein. Es ist aber auch in der Lage, jede andere erdenkliche physische Form anzunehmen, und präsentiert sich bereits erfolgreich in so prominenten Hüllen wie z.B. der von Markus Söder oder auch Alice Weidel. Das EMW gibt es wahlweise mit Psychotischem Botox Dauer PR Lächeln (PBDPRL), oder ist mit original Barbarisch Bavarischem Bin Böse Blick zu haben (BBBBB). Sein Vorteil: Weil es immer gleich dreinschaut, erkennt man nur ganz schwer, wann es lügt. Allen EMWs zu eigen ist der ständige, krankhafte Vergleich mit den Anderen. Dabei erkennt es natürlich die eigenen Defizite, was nur Kraft kostet und Frustrationen schafft. Vor allem, wenn ihm klar ist, dass es wohl nicht im Stande sein wird, das offensichtliche Niveaugefälle jemals aus eigenem Antrieb ausgleichen zu können. Und ganz benommen vor Angst, zu versagen, und halb wahnsinnig vor Prass auf die ungerechte Welt, rettet sich das EMW in die ihm scheinbar einzig verbleibende, erfolgversprechende Überlebensstrategie:

Selbstschöpfung durch Vernichtung

Ein wenig anzustrebendes Vorgehen, finden Sie nicht? Was können denn die Anderen dafür, dass das EMW seine ausgewachsenen Komplexe nicht behandeln lässt? Viel Gutes für die Menschheit kann von solch frustriert aggressiver Geltungssucht wohl kaum ausgehen.

Schock! Sie entdecken an sich bereits die ersten Symptome dieser schrecklichen Krankheit, wollen aber um jeden Preis verhindern, selbst als ein zum Unglücklichsein verdammtes, ausgewachsenes EMW durch die Welt zu stören.

Tipp!

Kümmern Sie sich einfach so wenig um die Sachen anderer Leute, wie um die eigenen.

Der Sinn des Lebens

Gleich zur Sache:

Tiefgründige philosophische Erkenntnisse werden Sie hier vergeblich suchen. Und das hat seinen Grund. Auch wenn Sie einen höheren Sinn in Ihrem Dasein zu erkennen glauben, so seien Sie versichert, dass ein solcher nicht existiert.

Es geht schlicht und einfach um den Ausgleich von Defiziten.

Dehydration zwingt Sie zum Trinken. Haben Sie Hunger, essen Sie. Sind Sie müde, schlafen Sie. Fühlen Sie sich geil, haben Sie unendlich viel tolle, aber auch fragwürdige Möglichkeiten, das entstandene defizitäre Loch zu stopfen, usw.

Sie sind ein Ausgleicher. Sonst nichts. Sie gleichen aus. Das wars.

Junge Eltern beschreiben lustigerweise oft das Kinderkriegen als Sinn des Lebens, weil sie plötzlich ungekannte Hochgefühle erleben. Sie argumentieren das damit, dass man so wahnsinnig viel von den Kleinen zurückbekommt.

Eltern, deren Kinder aber bereits schon lange aus dem Haus sind und sich einen Igor um die Belange oder Gefühle ihrer Erzeuger kümmern (abgesehen von den paar herzlosen Anrufen an Weihnachten und zum Geburtstag), wissen es besser.

Befriedigung resultiert also immer aus einem Ausgleich. Neben den vielen kleinen, alltäglichen Defiziten sind da noch die größeren, meist durch Fremdbestimmung entstandenen. Das dicke Auto, das man haben muss. Eine Führungsposition in der Firma. Die Maß am Stammtisch in unter 2,76 sek. checken können. Und die Vielzahl der uns ständig von der Konsumindustrie als «Must-have» suggerierten Produkte. Wird einem alles von außen aufgedrückt. So entstehen unterschwellige Dauerdefizite, die unbefriedigt sehr unglücklich machen können. Das Leiden entsteht aus dem unerfüllten Wollen. Wusste schon Buddha.

Tipp!

I.   Kümmern Sie sich ab sofort nur noch einen Rattenarsch um alle fremdbestimmten Defizite. Also z.B. von der Werbung künstlich geweckte Wünsche oder auch das Genöle Ihres Partners, sich endlich dieses widerliche Schmatzen beim Frühstücken abzugewöhnen. Zu «fremdbestimmt» gehört selbstredend auch Ihre Libido, die kontrollieren Sie ja nicht selbst, falls Sie es immer noch nicht bemerkt haben sollten. Die macht nur Ärger. Weg damit! So, das Schlimmste wäre damit schon geschafft!

II.   Die Kunst besteht nun darin, selbst ein Defizit herzustellen, das man leicht im Stande ist, auszugleichen. Nicht zu hoch ansetzen und überzeugend argumentieren: «Aldi Klamotten halten viel länger als der schicke H&M Trödel» oder «Mir gefällt der Dacia Sandero in Jauchebraun». Den können Sie sich immerhin leisten!

III.   Wenn Sie Ihrem triebhaften Verlangen ja doch nicht widerstehen können, dann gehen Sie beim Ausgleichen wenigstens den Weg mit dem geringstmöglichen Schaden.

Benutzen Sie dazu Ihre eigenen mitgebrachten Qualitäts-
präservative, nicht die russischen, die überall in ihrem
Swingerclub ausliegen.

IV.   Achten Sie beim Ausgleich eines Defizits immer darauf,
dass Ihnen dabei nicht dummerweise ein neues, wesentlich
hartnäckigeres z.B. in Form eines gottverdammten Geni-
talpilzes plötzlich frech ins Gesicht lächelt. Denn dessen
Ausgleich könnte Sie wesentlich länger (wochenlanges Ein-
cremen!) in Atem halten, als die paar Minuten schlechter
Sex, die Ihnen den Mist eingebrockt haben.

Tipp!

«Ich möchte verachtet werden» ist erfolgversprechender als «Ich
möchte respektiert werden». Die totale soziale Ausgrenzung
muss Ihr angestrebtes Ziel sein (das Defizit hier wäre übrigens
interessanterweise «ich werde von den Anderen zu sehr geach-
tet»). Dazu bitte einmal in die S-Bahn setzen, und zwar dank But-
tersäurepräparation so übelriechend, dass wegen Ihnen bereits
ein Schienenersatzverkehr mit Bussen eingerichtet wurde, weil
Sie sich partout nicht verjagen lassen und niemand sich traut,
sie anzufassen. Das ist die Goldmedaille. Achtung Gefahr! Die
«Persona non grata» zu sein hat einen hohen Suchtfaktor und
könnte leicht zur Gewohnheit werden.

Tipp!

Bereichern Sie sich am Glück anderer. Spielen Sie Gott. Bestim-
men Sie, wem und wann was fehlt, und sitzen Sie dann in der

ersten Reihe, wenn er/sie/es das von Ihnen geschenkte Verlangen stillen darf. Achten Sie dabei auf die Grundregel, ein *leicht* auszugleichendes Defizit zu **er**schaffen. Das gelingt Ihnen z. B. damit, dass Sie Ihrem Hund 3 Tage lang die Nahrung verweigern. Er wird mit todbringender Sicherheit sehr sehr hungrig werden, also ordentlich was zum Ausgleichen mitbringen.

Nehmen Sie dann in vollen Zügen am Glück teil, das Ihr ausgehungerter Hund beim endlich gewährten Mahl halb sabbernd, halb vom Schlingen röchelnd ausstrahlt. Da Sie selbst im Rahmen Ihrer jährlichen Heilfastenkur sogar noch längere Durststrecken ableisten, ist die Sache mit dem schlechten Gewissen dem treuen Freund gegenüber überhaupt kein Thema für Sie. Übertreiben Sie es aber nicht. Wirklich nicht länger als 3 Tage! Da haben wir negative Rückmeldungen bekommen. Irgendwann dreht er nämlich den Spieß um und nimmt sich, was ihm zusteht. Dann brauchen Sie sich nicht zu wundern, warum im Hamsterkäfig statt des stets so fidelen Tieres nur noch ein Häufchen Hundekot zu bestaunen ist. Wenn nach 6 Tagen dann auch noch ihre Katze unauffindbar bleibt, müssen Sie schnurstracks ins Kinderzimmer eilen. Dort dürfte bereits DEFCON 2 herrschen!

Sprechen

Sprechen hat den Unterhaltungswert eines Films, den wir zum zweitem Mal sehen.

Denn wir können nur sagen, was wir auch denken können. Was ich im Begriff bin auszusprechen, muss vorher gedacht worden sein, d. h. ich habe es folglich mindestens einmal schon »gehört«. Mindestens, da wir das Gros unserer Sätze aus einem Pool automatisierter Phrasen schöpfen, die wir mitunter schon hundertmal gedacht und dann in die Atmosphäre gewürgt haben. Also ist Sprechen immer nur eine Wiederholung. Langweilig. Wie so´n ollen Film auf irgend so´m billigen Sender immer und immer wieder ansehen zu müssen.

Gedanken auszusprechen ist also nicht nur überflüssig, sondern auch gefährlich einschläfernd – zumindest für den, der spricht. Der Zuhörer genießt das (halbwegs) Ungewisse, der Sprecher ermüdet an der Repetition. Vom Sprechen ist deshalb absolut abzuraten. Es sei denn, man ist gerade sehr empfindlich unterwegs und lässt es auf einen Versuch ankommen, sich selbst verbal zu Tode zu bringen.

Tipp!

Zuhören. Zuhören. Zuhören. Am besten gar nichts mehr sagen. Fragen stellen, das geht noch. Da kommen Infos von außen. Aber sprechen...

Machen Sie Ihr Leben interessant! Hören Sie auf zu sprechen. Nein wirklich! Hören Sie auf damit.

Annäherungsschablonen

Eine Aufgabe oder ein Problem hat Ihren Weg gekreuzt. Sie wissen nicht so recht, wo Sie ansetzen sollen, um zu einer Lösung zu gelangen. Ihre Gedanken hecheln im resolvierungsfreien Chaos.

Tipp!

Erschließen Sie die Annäherungsbereiche. Lassen Sie bitte in aller Ruhe das abgebildete Schema auf sich wirken.

Annäherungsschablone *Experte*

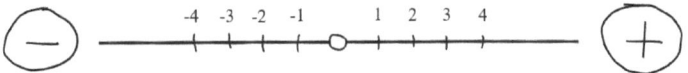

Einleuchtend, nicht wahr?! Gehen wir es trotzdem sicherheitshalber mal gemeinsam durch. Zuallererst müssen Sie die sich auf Ihr Thema beziehenden Extreme herstellen.

Extreme verdeutlichen deren Annäherungen.

Ziehen Sie die Thematik großzügig auseinander, in dem Sie sich die übertrieben negativen wie positiven Positionen klarmachen (als Plus- und Minuszeichen dargestellt). Dann suchen Sie nach Übereinstimmungen Ihres Themas mit den zwei gegensätzlichen

Polen und wägen sie gegeneinander ab. So kommen Sie nicht nur schnell zu einer Lösung, sondern können auch sofort sehen, ob sie von Vorteil ist oder nicht.

Beispiel 1

Sie sind frisch verliebt, wissen aber nicht, ob er der Richtige ist. Verdeutlichen Sie die Extreme. Gehen Sie dabei ruhig klischesk vor. Auf der Plusseite konstruieren Sie das Idealwesen Ihrer Vorstellungen, also wahrscheinlich gutaussehend, porno im Bett, wohlhabend und kinderlieb. Klassisch metrosexuell halt. Das Clearasiltestgebiet auf der Minusseite ist so kleinwüchsig wie arm, mit komisch hoher Stimme, leichtem Psychoblick usw. Jetzt laden Sie aus dem Internet Fotos herunter, die den jeweiligen Extremen entsprechen, und stellen das negative links, das positive rechts hin. Dann öffnen Sie das Foto Ihrer neuen Bekanntschaft und stellen es (ganz wichtig!) *genau* in die Mitte. Zwei unterschiedliche Lösungswege stehen nun zur Wahl:

i. Sie leiden an keiner Halluzination! Tatsächlich verschiebt der Neocortex in den meisten Fällen das Bild in der Mitte optisch leicht in Richtung eines der Extrembeispiele. Man spricht hier von Debilarer Desorientierter Deplazierung (DDD). So können Sie direkt erkennen, ob Sie mit dem Neuen eher glücklich werden oder mal wieder die Arschlochkarte gezogen haben.

ii. Bewegt sich das Bild in der Mitte für Sie nicht, vergleichen Sie es zuerst mit dem Foto am Minuspol und notieren für jede Übereinstimmung einen Punkt. Also z.B. hässlich, wirkt dümmlich, »Ist das da Sprechkäse in seinen Mundwinkeln?« wären drei Minuspunkte. Das Gleiche machen sie bitte mit dem Foto am Pluspol. Gehen Sie dabei so objektiv wie irgend möglich vor, damit das Ergebnis nicht verfälscht und sich der errechnete Brad Pitt später als Olaf Schubert entpuppt. Jetzt Plus gegen Minus streichen, die restlichen Punkte in die entsprechende Richtung vom Mittelpunkt aus abzählen und auf dem Annäherungsstrahl der Annäherungsschablone ankreuzen. Bei acht Plus- und fünf Minuspunkten blieben z.B. drei Pluspunkte übrig:

Annäherungsschablone *Experte (Lösungsbereich bei drei Pluspunkten)*

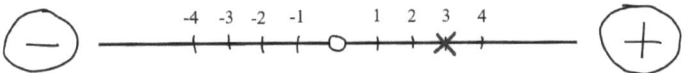

Das wars! Und schon haben Sie eine zuverlässige Lösung; in diesem Fall mit positivem Ergebnis.

Sie rutschen beim Auswerten auffällig oft auf die Minusseite des Annäherungsstrahls? Kein Problem! Benutzen Sie einfach unsere allseits beliebte **Annäherungsschablone** *Einsteiger*. Da wirken auch sehr negative Ergebnisse noch recht passabel. Lösungen, die es gerade so in den Plusbereich geschafft haben, sind außerdem gleich ein toller Hauptgewinn!

Annäherungsschablone *Einsteiger (Lösungsbereich bei sieben Minus- oder zwei Pluspunkten)*

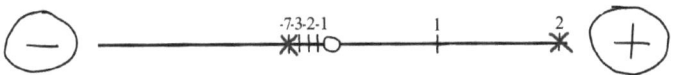

Beispiel 2

Wie gestalte ich eine individuell zu meiner Party passende Einladung? Wir stellen als Erstes wieder die Extrempositionen her:

Extrem *Minus*

Einladung. Von 14 bis 16 Uhr. Hab Wasser besorgt.

Extrem *Plus*

carte d`invitation

Ab 19 UTC im Schloss Bellevue. Schampus findet Ihr in der Badewanne (Schlappe 173 Flaschen gingen zur Füllung drauf...) Trump und Alice Schwarzer haben zugesagt. Später ins Berghain. Limu steht vor der Tür.

Visualisieren Sie nun Ihr eigenes Leben vor Ihrem inneren Auge (nicht schummeln!). Sehen Sie vorher ruhig noch mal in den Spiegel. Jetzt nach Übereinstimmungen mit den Extrembeispielen suchen, auswerten, Schablone benutzen. Fertig. Wir haben Ihnen das in diesem Fall mal abgenommen. Die perfekt auf Sie zugeschnittene Einladungskarte hätte zwei Pluspunkte (hauptsächlich wegen Ihrer Offenheit und besonderen Originalität). Sie sähe dann korrekterweise folgendermaßen aus:

Ihre Einladungskarte finden Sie bitte im Anhang

Teil 3

Trash Poem©

Dreht der Wind sich schnell und stumm,
mur srednaow nov re tmmok

Nichtpläne

Kennen Sie das?

So sehr Sie sich auch bemühen alles richtig zu machen. So minutiös Sie den Tag auch durchplanen, um allen Verpflichtungen nachzukommen (allen voran den sozialen, also dem Geleier eines jeden Schwachkopfs zuzuhören, dem Sie in einem Mix aus geistiger Unaufdringlichkeit und kindlicher Empathie voreilig Ihre Telefonnummer gesteckt haben). So sehr Sie auch für ausreichend Entspannung sorgen, sportliche Aktivitäten in Ihren Tagesablauf einbauen – Sie empfinden auf einmal keine Befriedigung mehr. Nichts macht mehr Spaß. Und irgendwie kotzen Sie sogar eben noch geliebte Personen mit ihrem bescheuerten Rumgemache einfach nur noch an (unter Umständen geben die eigenen Kinder nichts mehr her).

Keine Angst!

Das muss nicht an Ihnen selbst liegen. Der sich durch Ihre Systemhörigkeit ganz automatisch ergebende Gehorsamkeits-Algorhythmus stößt hier schlicht an seine Grenzen.

Tipp!

Schmieden Sie sogenannte *Nichtpläne*. Hier kann man viel vom Alkoholiker lernen. Der Alkoholiker schmiedet gewieft keine Pläne, sondern bewusst *Nichtpläne*:

»Hmm, mal überlegen, was könnte ich heute mal so alles

nicht machen? Also Wäsche wasch ich heute nicht, Duschen tu ich auch auf gar keinen Fall, Essen kochen bei Gott sowieso nicht, usw.«

Genug *Nichtpläne* geschmiedet, bleibt dann in der Regel nur noch eine einzige, in der Vorstellung als angenehm empfundene und ausfüllende Aktivität übrig: Richtig! Das Saufen! Dem müssen Sie sich jetzt einfach nur noch intensiv hingeben, und der Tag ist gerettet!

Nichtpläne schmieden ist eine nützliche Methode, dem Suff ruhigen Gewissens frönen zu können (man hat ja nicht *nichts* getan, sondern, ganz im Gegenteil, den Tag systematisch ausgeplant). Und um eventuellen, überraschenderweise doch noch irgendwie übriggebliebenen Resten an Gewissensbissen den finalen Rettungsschuss zu verpassen, motiviert sich der Alkoholiker mit letzter Kraft für das einzige ihm übriggebliebene sportliche Betätigungsfeld: den sogenannten Trink-Ich-Pfad (auch Kneipentour genannt).

PS: Sollte Ihnen der Alkohol nicht zusagen, können Sie sich selbstredend auch von Ihrem Arzt einen garantiert jeglichen unangenehmen (leider aber auch jeden anderen) Gedanken vernichtenden Vorrat an Benzodiazepinen verschreiben lassen. Oder Sie beschränken sich doch lieber gleich, falls Sie es endgültig satt haben sollten, nach der Pfeife anderer zu tanzen, konsequent auf die Einnahme männlicher Dosen reinen LSDs. Das könnte zwar unkalkulierbare Folgen haben, aber für Unterhaltung ist gesorgt, und Ihre ursprünglich empfundene Leere wird sich ganz sicher verabschiedet haben.

Polyphrenie

Tauchen Sie ein ins Land der grenzenlosen Emotionen.

Werden Sie jetzt Teil einer phantastischen, farbenprächtigen Wunderwelt! Erschaffen Sie ohne Anstrengung ein ganzes Universum der Leidenschaft. Es ist alles schon da. Sie müssen es nur sanft dem Schlafe entlocken, und ein bisschen zärtlich streichelnd in die rechte Bahn hauchen. Oder notfalls auch beherzt dorthin dreschen, sollte es sich als unerwartet widerborstig entpuppen.

Gefühle sind realitätsbildend. Keine Gefühle – keine Realität. Wer z.B. nicht weint, weiß unter Umständen gar nicht, dass er traurig ist. Wer aber lacht, und somit real fröhlich ist, kann sich ganz elegant darüber hinwegtäuschen, dass das Leben eigentlich ein einziger Abgrund ist. Je intensiver die Emotion, um so realer und bleibender der Eindruck. Hatten sie mal ein Nahtoderlebnis? Wirklich beeindruckend. Mehr Realität geht nicht. Wir wollen hier jedoch nicht das Schicksal herausfordern (Richtig! Wer sollte sonst den Nachfolgeband dieses Buches kaufen).

Was in der Literatur gemeinhin als Zwei-Identitätenproblem ausgiebig beschrieben wurde (Faust, Hulk, Dr. Jekyll und Mr. Hyde), ist eigentlich gar kein Problem. Vielmehr ein Geschenk. Eine Chance, Großes zu erwirken. Nur das es mit zwei Identitäten natürlich nicht getan ist. Das ist die typisch dramatische Reduktion auf Gut und Böse. Es sind mehr. Viel mehr. Die moderne Psychologie bezeichnet eine Ansammlung multipler, im Wesen unterschiedlichster Charaktere in einer solonen Person als Polyphrenie. Und damit sind wir alle gemeint. Ja, auch Sie sind ein gruseliger Polyphreniker! Sie wussten es bis jetzt nur noch nicht. Wie schlagen wir nun Kapital aus diesem Wissen?

Tipp!

Machen Sie´s wie die Schauspieler: Die filtern die (bereits vorhandenen!) Charaktere heraus, kultivieren und trainieren sie. Das wars! Ein bisschen Sprechübungen hier, etwas Rhetorik und Mimik da, und schon werden Ihre Anliegen viel deutlicher rüberkommen. Trainieren Sie Hochstatusrollen. Schauen Sie sich die Reden Adolf Hitlers (es ist doch nur ´ne Übung) oder die Russell Crowes in *Gladiator* an (nicht die von Donald Trump – das gedemütigte Kind ist ein ganz anderer Charakter). Saugen Sie dabei aufgeschlossen und tief deren Wesen ein. Das erhöht Ihr Dursetzungsvermögen. Arbeiten Sie auch an unterhaltsamen Rollen, um Ihren Beliebtheitsgrad zu steigern. Bringen Sie Ihre Mitmenschen zum Lachen. Gern genommen sind der Schalk oder der Hofnarr (wie z.B. Christian Lindner). Und auch auf jeden Fall draufschaffen: der Vollidiot! Garniert mit einer leichten Behinderung ist und bleibt diese Tiefstatusrolle eine der lukrativsten überhaupt. Sie erweckt Mitleid und profunde Mutterinstinkte. Man kann diesem armen, vom Leben gezeichneten Trottel einfach nichts abschlagen (Angela Merkel studieren). Zusammen mit dem cholerisch psychotischen Hysteriker, den Sie ja bereits perfekt beherrschen, verfügen Sie dann über ein doch recht ansehnliches Repertoire. Achtung Grundregel: Geben Sie sich nie blindlings zu 100% einer Rolle hin! Sie müssen sicherstellen, dass die Kontrolle, und sei es auch nur zu einem winzigen prozentualen Anteil, bei Ihrem vernünftigen Ich bleibt. Es muss dringend jemand aufpassen! Sie wollen doch nicht morgens in der Zeitung von Ihren Untaten überrascht werden, weil eines Ihrer polyphrenen Freunde des nachts heimlich auf Streife gegangen ist, um für Ordnung zu sorgen!

Achtsamkeit

Wie viel wir doch gleichzeitig ins Gehirn gedonnert bekommen.

Beim einfachen Brötchenessen z. B. mit so´m Schnitzel drauf. Worauf lenke ich dabei meine Aufmerksamkeit? Auf die rechte Wangenseite, in der gerade etwas Brötchen krachend zerbricht? Oder darauf, dass sich links oben im Zahnfleisch ein Stück Knorpel angeheftet hat und einen störenden Einfluss auf die vergnügte Aufnahme meiner Lieblings-Essigkeit ausübt? Es möchte einfach nicht abfallen, so sehr ich auch mit verunstaltenden Gesichtsverrenkungen versuche, e ess da raus zu bekommen. Ich stehe übrigens gerade im Freien. Es ist Winter und ein eiskalter Wind bläßt mir scharf in die Ohren. Der Fokus verschiebt sich sofort in Richtung dieser unangenehmen Empfindung. Jetzt laufen auch noch Leute an mir vorbei. Meine Aufmerksamkeit betrügt mich mit der Blonden, die nach brechreizend übersüßtem Parfüm riecht. Oops! Schon wieder versäumt, mich aufs Essen zu konzentrieren. Wie können wir uns bei dieser Reizüberflutung achtsam einer einzelnen Beschäftigung voll hingeben? Bei diesen vielen Empfindungen, die wir ständig gleichzeitig verarbeiten müssen? Schwups, ist das leckere Schnitzelbrötchen im Magen, ohne dass es bewusst wahrgenommen, geschweige denn genossen werden konnte.

Tipp!

Achtsamkeit will geübt sein. Sie benötigen: mindestens vier Akupunkturnadeln aus der Apotheke (s. Abb. 1)

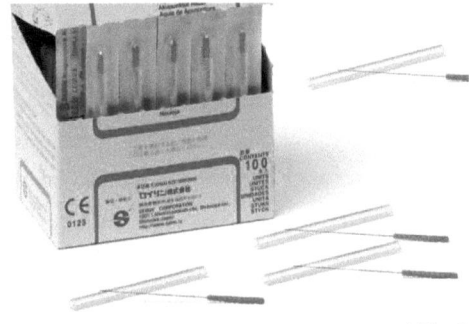

Abb. 3

Übung 1

Beginnen wir mit einer einfachen Zwei-Zonen-Übung. Die Akupunkturstellen vor der Inbetriebnahme gründlich reinigen. Der Einsatz darf nur für den vorhergesehenen Verwendungszweck erfolgen. Warnung! Beim Betrieb von Akupunkturnadeln besteht bei falscher Benutzung akute Verblutungsgefahr. Von Anwendungen im Genitalzonenbereich ist deshalb grundsätzlich abzuraten.

Setzen Sie eine Nadel in den Oberschenkel, die andere in Ihren Überfuß. Versuchen Sie den Schmerz im Überfuß durch Konzentration auf den im Oberschenkel zu ignorieren. Damit die Übungen Sinn machen, müssen Sie stets versuchen, den stärken Schmerz auszuschalten (hier die Nadel im empfindlicheren Überfuß), indem Sie sich auf den schwächeren konzentrieren (Oberschenkel). So. Das Stück Knorpel aus dem linken oberen Zahnfleisch wäre schon mal weg.

Übung 2

Nehmen Sie eine dritte Nadel und setzen diese in die Hautfalte zwischen Ring- und kleinen Finger. Verspüren Sie kein unerträgliches Brennen oder ist der Schmerz im Überfuß noch dominant, haben Sie den Nerv verfehlt. Entfernen Sie die Nadel und variieren den Ansatzpunkt in der Falte, bis der Nerv getroffen, und ein Stromschlag Ihren Arm durchzuckt. Versuchen Sie nun diesen Schmerz zusammen mit dem im Überfuß durch Konzentration auf die Nadel im Oberschenkel auszublenden. Glückwunsch! Sie haben den eiskalten Wind eliminiert.

Übung 3

Führen Sie eine vierte Nadel horizontal in die rechte Seite des Nasenrückens ein. Pressen Sie sie kräftig durch das Knorpelgewebe, bis die Akupunktur-Nadel-Griffhalterung im Idealfall die Nase berührt, mindestens aber so lange, bis die Nadelspitze 13mm auf der dem Einstichpunkt gegenüberliegenden linken Nasenseite herausragt. Der Schmerz wird jeder Beschreibung entbehren. Geht aber nicht anders. Außergewöhnliche Umstände erfordern außergewöhnliche Maßnahmen. Dem impertinenten Parfüm der Blonden wäre sonst nicht beizukommen. Die drei dominanten Reize (Überfuß, Hautfalte, Nase) wieder ausblenden und nur dem Oberschenkel Beachtung schenken.

Und? Schmeckt's? Wenn Ihnen das gelingt, können Sie Ihr Schnitzel Brötchen achtsam genießen. Dann registriert Ihr Gehirn überhaupt erst die Nahrungsaufnahme und Sie haben nicht das Gefühl, sich gleich das nächste reinschieben zu müssen.

Natürlich können Sie diese Übungen beliebig erweitern. Und

selbstverständlich fielen uns noch gemeinere Akupunktur-Zonen ein. Das machen Sie aber mal hübsch alleine mit Ihrem SM-Partner.

Hier noch ein paar Etüden zum Ausblenden-Üben von unerwünschten Störfaktoren bei angenehmen Tätigkeiten:

A. Ihr verstörend tiefes Röhren beim Sex (oder sein irritierend hohes Quietschen dabei).

B. Der üble Gestank ihres Buttersäure-Experiments aus Kapitel »Der Sinn des Lebens«, dem Sie während Ihrer Diss-Aktion natürlich auch selbst ausgesetzt sind.

C. Die akustische Umweltverschmutzung Ihres Partners, der die gemeinsamen Mahlzeiten nur noch dazu benutzt, Sie zum Mülleimer seiner immer gleich langweiligen kleinen Problemchen zu degradieren.

D. Das Läuten Ihres Smartphones mit dem individuellen Klingelton Ihres Lebenspartners, während Sie ihn gerade betrügen (möglicherweise wollen Sie das aber gar nicht ausblenden, weil es Sie nur *noch* schärfer macht).

Schluss mit den Skrupeln!

So dramatisch wie im Kapitel «Nichtpläne» beschrieben ist es zum Glück noch nicht,

aber irgendwie langweilen Sie sich jeden Tag ein bisschen mehr, stimmt´s?

Der Alltagstrott. Alles ähnelt sich. Gähnende Langeweile frisst sich langsam aber unentwegt lähmend in all Ihre Lebensbereiche. Die Gefängnisse arbeiten übrigens nach diesem Prinzip: Reizentzug. Wenig Abwechslung bedeutet intensive Qual. Das muss nun wirklich nicht sein.

Tipp!

Gehen Sie nach dem Motto «Alles, was anders ist, ist wie Urlaub» vor. Beginnen wir mit unkompliziert zu verändernden Dingen, die aber erstaunliche Wirkung zeigen. Zum Beispiel Wege. Sie werden wahrscheinlich immer die kürzesten automatisiert haben. Wechseln Sie also Ihre Routen. Und zwar alle. Gehwege in der Wohnung (mal um den Tisch herum, um zum Fenster zu gelangen, statt direkt darauf zuzugehen). Zur Arbeit die längere, aber schönere Strecke wählen, usw.

Aber selbst gewohnte Umgebungen bekommen einen exotischen Charakter, wenn man sie mal andersrum abgeht oder fährt, da der Sichtwinkel um 180° gedreht wird. Einfach und effektiv. Kaufen Sie unbekannte Zutaten zum Kochen. Verändern Sie Ihren Style, Ihre Stimme und was Ihnen sonst noch alles so einfällt. Seien Sie kreativ! OK, das war leicht. Schwieriger verhält es sich mit den Sachen, die sich nicht verändern lassen wollen – Ihr soziales Umfeld. Hier müssen Sie schlau und unauffällig vorgehen. Fangen wir mit ihrem Hund an. Färben Sie die Töle in Psycho Punk Violett oder Crazy Rebellious Mint. Das bringt frische Farbe ins Heim. Oder noch besser: Parkinsonieren Sie ihn im Winter mit einer Glattrasur zum beharrlich zitternden Nackthund. Bewegte Bilder üben einen unwiderstehlichen Reiz auf den Menschen aus. Und so ein heftig zitternder Hund ist da die ideale Dauerunterhaltung. Ihrer Waschmaschine beim Schleudern zuzusehen, ist ein Dreck dagegen.

»Aber das geht doch nicht. Das kann man doch nicht machen!«

Wie, das geht nicht? Hören Sie schon auf und stehen Sie sich nicht selbst im Wege! Was glauben Sie denn, was um Sie herum so alles läuft? Die Anderen machen´s doch auch! Würde Ihr Mann Sie nicht schon seit Jahren auf Betablocker pegeln, die Ihnen diese komplett indifferente Grundhaltung aufzwängen, wären Sie ihm doch schon längst wegen eines anderen weggelaufen. Blöd isser ja nich und weiß ganz genau, was für ein ultralangweiliger Pupser er ist.

Und der einzige Grund, warum Sie Ihrer Frau gegenüber nie den Verdacht geäußert haben, dass sie Ihnen möglicherweise abends gern mal ein starkes Aphrodisiakum in den Drink mixt, ist der, dass es Ihnen ja gefällt, dass Ihr Johnson dann immer so schön groß und dick ist (was Ihre Frau beim Sex auch nie versäumt zu loben, um Sie bei der Stange zu halten). Und das könnte nur eine von vielen möglichen Baustellen sein. Wer weiß, wer da sonst noch so heimlich an Ihrem Leben rumpfuscht. Also, über Bord mit den längst fälligen unsinnigen und unmodernen Skrupeln!

Um den Hund haben Sie sich also gekümmert. Nun ist Ihr/e PartnerIn dran. Jubeln Sie ihr/ihm eine Anti-Aging-Creme unter. Sollte er/sie bereits eine benutzen, arbeiten Sie mit einer stark alkoholhaltigen, extrem die Haut austrocknenden Creme in die entgegengesetzte Richtung. «Aber dann sieht er/sie doch schneller älter und unlieblicher aus?» Zu kurz gedacht. Spielt keine Rolle. Denken Sie an unser Motto: «Alles, was anders ist, ist wie Urlaub». Ihr/e PartnerIn ist dann zwar nicht mehr hübsch, aber vielleicht witzig anzusehen, und heitert Sie *dadurch* auf. Außerdem wirken Sie neuerdings neben ihm/ihr um Welten jünger, fühlen sich einfach besser und stärker. Sie wissen: Der Vergleich nach Unten hat die Macht, uns aus jeder noch so finsteren Stimmungslage zu befreien.

Ihrem 14-jährigen Sohn schummeln Sie die besonders krassen (aber günstigen!) chinesischen Anabolika ins Essen und schenken ihm zu Weihnachten einen Satz Hanteln dazu. Der Kleine wird aufgehen wie ′n Hefezopf. Und sein beinahe täglich zu registrierender Muskelzuwachs wird Sie mit ausreichend familiärem Gesprächsstoff belohnen. Das Essen Ihrer frühpubertierenden elfjährigen Tochter ergänzen Sie satt mit männlichen Hormonen. Beim gemeinsamen Abendessen lassen Sie wieder und wieder Ihre besonders aufgeschlossene Einstellung zur Gender-Thematik einfließen. Das gleicht sie dann mit dem von ihr längst bemerkten unerklärlichen Geschlechtstransfer ab, fühlt sich verstanden, akzeptiert ihr Schicksal und verwandelt sich ratz fatz in ein megainteressantes Hegirl. Obendrauf bringt sie neuerdings nur noch endschräge Außenseiter mit nach Hause. Das ist zehnmal spannender als alles, was die moderne Unterhaltungsindustrie aufzubringen hat.

Trash Poem©

Du bist zwar schön, doch ich bin
hässlich!

(therapeutisch bewährte Antithese)

It´s a woman´s world

Niemand schenkt Männern Beachtung.

Versuche haben gezeigt, dass Männer in der Öffentlichkeit stets das andere Geschlecht im Allgemeinen, und deren biologisch überlebenswichtige Zonen im Besonderen fokussieren (also Po, Mumu und Brüste). Frauen konzentrieren sich überraschenderweise nicht auf Penis und Adamsapfel des Mannes, sondern auf ihr eigenes Geschlecht: Das Ausspähen der Konkurrenz in Anwesenheit eines Mannes rangiert noch weit vor der intensiven Begutachtung der potentiellen Beute. Der Mann bleibt somit quasi unbeachtet. Und zwar auch vom eigenen Geschlecht, das ja stets nur das Weibchen begafft. Drum sieht man auch nur ganz selten halbnackte Männer auf Werbeplakaten. Heten drehen sich angewidert weg. Frauen werfen nur einen winzigen Blick auf sie, um dann blitzschnell ausgiebig andere das Plakat betrachtende Frauen nervös zu scannen. Dann vergleichen sie sich mit diesen und kalkulieren ihre Chancen. Bei schlechten solchen schmieden sie umgehend Pläne zum Ausschalten der Konkurrenz. Frauen könnten sich derartig abgelenkt niemals an die auf dem Plakat beworbene Marke erinnern.Verliebt, mit dem Blick des getretenen Dackels, verharrt einzig noch der homosexuelle Mann vor dem Plakat. In Deutschland ca. 5% der Gesamtbevölkerung – Werbeeffekt also gleich null.

Diese soziale Ausgrenzung hat natürlich Folgen. Schon im Grundschulalter zeigt das verschmähte männliche Wesen soziale Auffälligkeiten. Durstend nach einem Hauch von Aufmerksamkeit, schreit und schlägt es verzweifelt um sich, was alles nur noch schlimmer macht, da es nun bestraft noch mehr Ablehnung als vorher empfindet. Also benimmt es sich immer machöser, mit immer heftigeren negativen Konsequenzen. Ein nicht enden wollender Teufelskreis beginnt. Es wird letzten Endes zum perfiden Manager oder Politiker, im Versuch, sein auf gähnende Leere getrimmtes Aufmerksamkeitskonto mit Machtgefühlen anzureichern.

Tipp!

Um aufrichtige Aufmerksamkeit zu erwecken, kommen Sie als Mann nicht daran vorbei, sich in irgendeiner Weise zu feminisieren.

001. Mindestens einmal pro Monat fett aufbrezeln und im Gay Club präsentieren (Perücke, falsche Wimpern, High Heels, das volle Programm).

002. Geben Sie sich in der S-Bahn auffällig tuntig. Frauen wissen dann, dass Sie nicht anbendeln wollen, und werden sie deshalb ausgiebig betrachten (was Frauen ja sonst nicht tun können, da Männer bei Frauenblicken über 0.00023 sek. sofort glauben «die Alte will scheinbar was von mir», und in jenen furchtbar aufdringlichen «Immer-wieder-unauffällig-guck-zu-ihr-hin-Modus» schalten).

003. Ein mit Photoshop gefaktes Selfie mit Guido Maria Kretschmer posten.

004. Oder werden Sie doch Körpermodel. Die heißesten abgebildeten Stelzen auf Strumpfhosenverpackungen sind bekanntermaßen Männerbeine. Vorsicht! Wenn es zu Ihrer

Gewohnheit gehört, die leeren Strumpfhosenverpackungen Ihrer Partnerin zu Autoerotikzwecken zu missbrauchen, heizen Sie sich höchstwahrscheinlich an gepflegten She-boy-Beinen auf! Sollte Ihnen das aber wurscht sein, weil Sie Ihre eigenen Beine nicht minder geil finden, sehen Sie doch einfach an sich herunter und verzichten auf die blöden Verpackungen. Von sich selbst bewundert zu werden, hilft Ihnen dann nämlich wieder bei Ihrer hundsgemeinen Lebensaufgabe, wenigstens etwas Beachtung zu erhaschen.

Der Payback Segen

Die Olle Kamelle der totalen digitalen Kontrolle will ja jetzte ehrlich niemand mehr hören.

Außerdem haben wir uns schon so dumpf und unreflektiert an Big Data gewöhnt, dass es gefühlt ja schon gar nicht mehr wahr ist. Und an euch, ihr winziger Haufen übriggebliebener Aufmüpfiger: Schluss mit dem ewigen gewollt negativen Gehämmere! Passt euch gefälligst an!

Lernt doch endlich mal, die schönen und nützlichen Dinge aus dem Fäkalium Menschheit zu fischen! Der wahre Künstler formt eine wunderschöne Blume aus einem Haufen Scheiße.

Als dann ans Werk!

Problem: Ihre langjährige Beziehung gleicht einer über drei Generationen weitergereichten Aktivkohle-Einlegesohle: atemberaubend und totgelatscht.

Tipp!

Nutzen sie die heitere Seite der modernen bunten Spionagewelt: Tauschen Sie mit Ihrem Partner Ihre Payback Karten! Das wird lustig und sorgt für frischen Wind.

Denn *Sie* findet nun in ihrer Post Reklame für Waffen, Analsex- und Wehrmachtartikel. So gelangt sie zur beruhigenden Einsicht, dass *Er*, offensichtlich schon vom mauen Gefranse hipper

Hetzparolisten leicht führbar, kein intellektuell wirklich ernst-zunehmender Gegner sein kann. Beruhigend, weil er also auch weiterhin gut, den eigenen Bedürfnissen untergeordnet, zu lenken sein wird (noch erleichtert durch seine daily after work »Vier Bier, acht Korn, und weg ist der Zorn«-Routine).

Er andererseits wird mit Werbung für Umstandsmode und Babyartikel zugemüllt und kann nun, da seine Frau offensichtlich schwanger zu sein scheint, rechtzeitig auf eine Gehaltserhöhung hinarbeiten. Seine Gutgläubigkeit schützt ihn dabei vor jedem unerwünschten Zweifel, ein anderer könnte der Vater sein, obgleich der Schöpfungsakt innerhalb der letzten sechs Monate nur ein einziges Mal vollzogen wurde. Im Gegenteil: Das verstärkt nur sein Selbstbild treffsicherer deutscher Fruchtbarkeit. Fest und unermüdlich klammert er sich so in seiner kindlichen Naivität an das Bild einer glücklichen Fügung. Gut für *Sie*.

Und weil *Er* so angenehm schlecht Änglisch kann, hält er immer noch den von ihr beim ersten Kind kess am Kombi angebrachten herzförmigen „Mama´s baby, papa´s maybe" Aufkleber für eine Liebeserklärung ans Familienleben („Mamas Baby, Papas sowieso").

Intraspezifische Aggression

Neigen Sie zu Neuorientierungen intraspezifischer Aggression?

Lenken Sie innerartliche Gefühlsspitzen öfter mal auf Dinge um? Anders gefragt: Essen Sie Speisen aus Plastikgeschirr, oder ist doch noch ein Teller des einst so stolzen 164-teiligen Weinlaub-Services am Leben? Und die Holztüren ihrer Wohnung – haben die nicht diese ca. 12,7 cm großen Kerben in Fußhöhe? Ach, die stehen alle im Keller, weil die Scharniere vom zornerfüllten Zuknallen herausgebrochen sind. Gut. Sie neigen definitiv zu Neuorientierungen intraspezifischer Aggression. Wer im Streit auf den Tisch haut, meint nämlich nicht den Tisch. Vielmehr das Herdenvieh der eigenen Spezies, das einen mal wieder aus der Ruhe gebracht hat. Keine Angst, wir sind von Schuldzuweisungen weit entfernt. Wir haben auch ganz sicher keinen pädagogischen Auftrag zu erfüllen. Es ist halt nur wegen der Angst um ihre Familie.... Na ja, wie dem auch sei. Der Tisch ist also das Objekt der Neuorientierung. Er nimmt den Platz des eigentlich adressierten Herdenviehs ein, das dadurch geschont wird, und geht an seiner Stelle zu Bruch. So erfüllt der Tisch seine die menschliche Art erhaltende Funktion. Ein doch recht sinnvoller Instinkt. Denn wegen jeder kleinen Nichtigkeit gleich einen ganzen Menschen opfern zu wollen... (mit einer gerechtfertigten Ausnahme, aber dazu kommen wir später).

Tipp!

Arbeiten Sie ökonomisch. Wählen Sie beim Umlenken Ihrer

Aggression stets die kostengünstigste Variante. Also nicht gleich den erstbesten Gegenstand greifen, sondern kurz innehalten, den Billigsten auswählen, und erst dann den Gefühlen ganz unreflektiert freien Lauf lassen. Das fühlt sich anfangs etwas unangenehm an, da jeder Aufschub, die aufgestaute Wut loszuwerden, intensiver Schmerz bedeutet. Bei Ihrer erschreckend ausgeprägten Aggressivität jedoch werden Sie durch die täglich sicher mehrmaligen Übungsmöglichkeiten schnell zum Meister. Toll ist auch die Anschaffung eines Ambosses mit übergroßem Schlaghammer. Schon der sich vom Stahl-auf-Stahl-Hämmern einstellende kreischende Tinitus wird Sie alles andere Böse vergessen lassen.

Theoretisch könnte natürlich auch alternativ, Sie ahnen es sicher schon, Ihr Hund mal wieder zum Einsatz kommen. Das wäre aber die schlechteste Wahl. Nicht aus Tierschutzgründen. Sollten Sie alle vorangegangenen Buchtipps an Ihm ausprobiert haben, ist er sowieso schon zur leidenserprobten Kämpfernatur mutiert. Andere haben einen Blindenhund, sie einen Therapiehund. Was soll's! Nur sollten Sie sich mit der Neuorientierung möglichst auf leblose Dinge beschränken. Man gewöhnt sich sonst so schön daran, die eigenen Gelenke schonend im Aggro-Rausch in weichem Gewebe parken zu dürfen. Heben Sie sich dieses absolute Reserveantibiotikum lieber für Ihren Nachbarn auf. Ja, Sie haben richtig gelesen! Das ist nicht nur erlaubt, sondern ein im Tierreich auch sehr bewährter Überlebensinstinkt. Das Weibchen der Buntbarsche z.B. neigt dazu, das Männchen bis zur Weißglut zu reizen. Unendlich provoziert, startet es dann einen Angriff auf seine Gattin. Um die eigene Familie jedoch zu schützen, dreht es im letzten Augenblick ab und verprügelt den Nachbarn. Beachten Sie bitte auch den Umkehrfall. Wenn Sie in der Nachbarwohnung die für einen heftigen Streit typischen akustischen Signale vernehmen, es daraufhin plötzlich an

Ihrer Tür klingelt, wo im Spion das schmerzverzerrte, halb vom Wahnsinn zerfressene Gesicht Ihres Nachbarn wabert, sollten Sie die Möglichkeit nicht ausschließen, dass er ebenfalls diesen Abschnitt des Buches gelesen und verstanden hat. Sie dürfen dann auf gar keinen Fall die Tür öffnen! Hören Sie? Auf gar keinen Fall!

Sturmgewehr G36

Sie. Dienen. Deutschland.

Die Entscheidung, Ihre geplante Karriere bei der Bundeswehr endlich zu beginnen, fällt Ihnen nach den unzähligen Nachrichten über dessen erbärmlichen Zustand sehr schwer. Versorgungsengpässe. Mangelhafte Ausrüstung. Aber besonders die Horrormeldungen über das standardmäßige **Sturmgewehr G36**, das ja bekanntermaßen bei überhitzendem Dauereinsatz massiv verzieht und laut Bedienungsanleitung dann zum Kühlen beiseite gelegt werden muss, machen Ihnen große Sorgen. Nun ist aber in der Hitze des Gefechts keine Zeit zur Feuerpause, werden Sie richtigerweise argumentieren. Wenn es drauf ankäme, stünden Sie dem Gegner also geschwächt gegenüber und wären leichtes Futter für ihn. Ist das wirklich so? Nein. Diese Sorgen kann und will ich Ihnen hier und jetzt nehmen.

Das Prinzip ist ganz simpel: der menschliche Instinkt sucht sich im Kampfstress automatisch das markanteste Ziel aus. Daher ist es wahrscheinlich, dass viele gleichzeitig eben nur dieses eine auffällige Ziel beschießen. Die feindlichen Soldaten, die sich in dessen Peripherie aufhalten, werden dadurch entweder vernachlässigt oder erst gar nicht bemerkt. Bei einem herkömmlichen Sturmgewehr wird also eine nur sehr geringe Trefferquote zu erwarten sein, weil so ziemlich alle auf das gleiche Ziel ballern. Viel effektiver dagegen ist der Einsatz des **Sturmgewehrs G36**. Denn es ist so konzipiert, dass es sich eben diesen natürlichen Instinkt zu Nutze macht, indem es bei Überhitzung so stark verzieht, dass die sich zum markanten Ziel befindlichen peripheren feindlichen Soldaten beschossen werden, nicht das eigentlich anvisierte Ziel. Je mehr also auf das gleiche Ziel feuern, um so größer seine vernichtende Wirkung. Das intelligente **Sturmgewehr G36** erwischt so über 53% mehr Feinde als ein vermeintlich gut funktionierendes, herkömmliches Sturmgewehr, weil die Anzahl versteckter und unauffälliger Feindsoldaten viel größer ist als die der paar Idioten, die sich nicht um eine ausreichende Deckung gekümmert haben. Folgende Abbildungen verdeutlichen diesen einmaligen, ausschließlich dem **Sturmgewehr G36** vorbehaltenen Effekt:

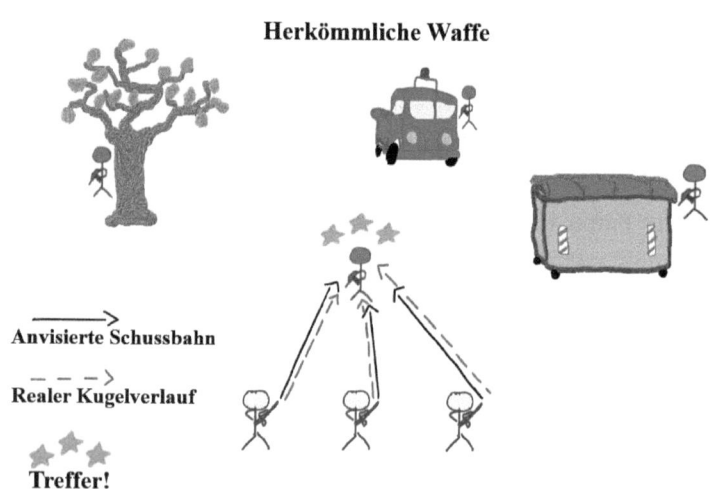

Herkömmliche Waffe

Anvisierte Schussbahn

Realer Kugelverlauf

Treffer!

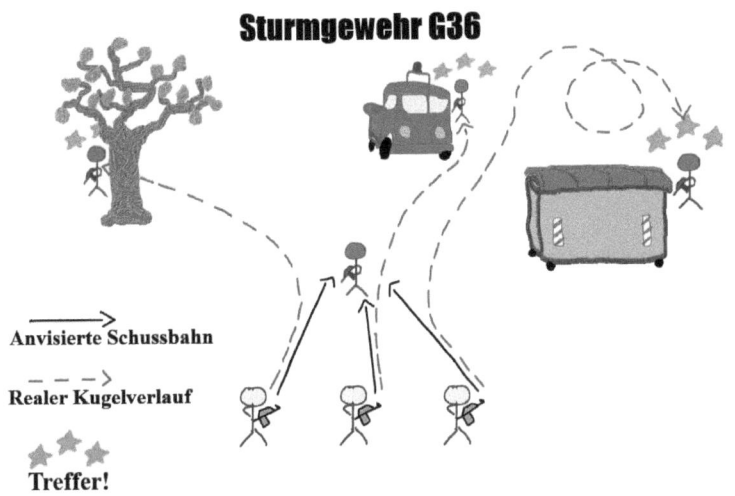

Sturmgewehr G36

Anvisierte Schussbahn

Realer Kugelverlauf

Treffer!

Tipp!

Bestehen Sie auf den Einsatz in einer Einheit, die ausnahmslos das **Sturmgewehr G36** benutzt. Lassen Sie sich nicht mit einer dummen Qualitätswaffe abspeisen!

Kommt es zum Gefecht, müssen Sie sich nur noch aktiv einbringen. Machen Sie Ihre Kameraden pausenlos glaubhaft auf gut getarnte feindliche Soldaten aufmerksam, damit alle wie im Blutrausch feuern (nur Sie wissen natürlich, dass diese Soldaten fiktiv sind). Auch wenn dabei nur ins Leere geballert wird, ist diese Vorgehensweise wahnsinnig wichtig, damit das **Sturmgewehr G36** stark überhitzen kann. Hat das **Sturmgewehr G36** schließlich seine Betriebstemperatur erreicht, hören Sie damit auf. Jetzt werden Ihre Kameraden instinktiv wieder alle das gleiche, weil auffälligste Ziel anvisieren, und das **Sturmgewehr G36** kann nun, stark verziehend, seine volle zerstörerische Kraft entfalten. **Sturmgewehr G36**.

Ignoranz ist Beachtung

Es deutete sich auf dem Schulhof an.

Ihre spätere Unbeliebtheit in den Sozialen Medien war nur die logische Konsequenz. Sie waren in der Peer-Group nie besonders beliebt. Nicht weil Sie Ihren Klassenlehrer kurz vor Pausenschluss am Lehrerzimmer gestalkt haben, um ihm die Tasche tragen zu dürfen. Hätte man ihnen verziehen. Nein, da war irgendwas Seltsames an Ihnen. Nichts wirklich Äußerliches. Zumindest nichts endgültig Abnormes. Etwas Unerklärliches, für das man keine Identifikationsbereitschaft entwickeln konnte. Etwas, dass man nicht zu sich gehörig haben möchte, wenn Sie verstehen was ich meine. Sie selbst haben das beim Blick in den Spiegel gespürt und die anderen immer beneidet, weil die es ändern konnten. Aber Sie konnten sich nicht aus dem Wege gehen. Es war Ihre Aura. Die ergriff einen regelrecht. Deren Wirkungsspektrum reichte von leichter Unkomfortabilität bis zum gefühlten Erstickungstod. Je nachdem, wie weit man sich traute, Ihnen physisch auf die Pelle zu rücken. Der einzige Moment, da Sie menschliche Nähe spürten, entsprang eigentlich keinem wohlwollenden Motiv. Sie erinnern noch die unerträglichen Mutproben Ihrer Mitschüler, die Sie erdulden mussten. Die reihenweise die Erste-Hilfe-Liegen blockierten nach dem Versuch, die Rekordmarke von sieben Sekunden Ausharren innerhalb Ihrer Intimzone zu knacken. Alle haben laut mitgezählt. Auch die, die Sie für Ihre Freunde hielten. Diese vernichtend schallenden Kinderstimmen wollen einfach nicht verhallen. Die Taktik, mit übertrieben freundlichem Lächeln Sympathie-Punkte zu ergattern, hatte sich schnell erschöpft. Und die generösen Bestechungsversuche mit freier Pommes für alle konnten Sie sich auf Dauer nicht leisten. Sie waren einfach nicht dabei. Nicht mit drin im Boot. Glaubten Sie zumindest. Stimmt aber nicht. Man ist nie allein. Auch wenn die Gesellschaft versucht, diesen Anschein zu erwecken, in dem sie uns ausgrenzt, so ist diese Ausgrenzung, die ja ganz gezielt auf Ihre Person zugeschnitten ist, bereits Aufmerksamkeit, und folglich ein Einschluss in die Sozietät in sich. Drum ist man immer integriert, ob es sich angenehm anfühlt oder nicht.

Ignoranz ist Beachtung

Es ist an der Zeit, die Tränen wegzuwischen.

Tipp!

Erfüllen Sie sich endlich Ihren lang ersehnten Wunsch nach Zugehörigkeit. Und das geht ganz einfach:

Legen Sie einen Ordner an. Beschriften Sie ihn sinnfällig. Ballern Sie so viele Freundschaftsanfragen bei Facebook + Co. raus wie Sie nur können. Erfassen Sie statistisch alle unbestätigten Anfragen, in dem Sie sie penibel genau in eine Tabelle eintragen. Je weniger Bestätigungen, um so größer die Beachtung, da wir ja nun wissen, dass Ignoranz nichts anderes als eine Form der Aufmerksamkeit ist. Wer Ihre Anfrage nicht beantwortet oder ablehnt, hat folglich an Sie gedacht und sich lediglich für jemand anderen entschieden. Je öfter man sich gegen Sie entscheidet, um so mehr stehen Sie im Mittelpunkt des Geschehens. Andere bekommen schnell mal ´ne Freundschaftsbestätigung, einfach weil sie sympathisch wirken. Das bringt nur sehr oberflächliche Freundschaften, die nicht den Ansatz irgendeines brauchbaren

Wertes liefern. Bei Ihnen aber ist die Entscheidung einer Absage gründlichst überdacht worden. Man hat sich *sehr eingängig* mir Ihrer Person beschäftigt. Sie gehören zu den Wenigen auf Facebook, deren Profiltext aufmerksam gelesen wird. Die Leute platzen vor Neugier, ob Ihre literarischen Fähigkeiten mit Ihrem Äußeren konform gehen. Punkt also auf Ihr Konto. Dass Sie deswegen alleine sind und niemand etwas mit Ihnen unternehmen möchte, spielt dabei überhaupt keine Rolle. 3,7 Tsd. Ignoranten sind in Wahrheit 3,7 Tsd. latente Intensiv-Follower. SIE sind der heimliche Gewinner!

Impulskontrolle

Ist die Fähigkeit, als unangenehm erlebte Anspannungszustände auszuhalten.

Per Definition. Was wie eine freie Entscheidung aussieht, einem verspürten Verlangen sofort Befriedigung zu verschaffen, ist in wirklich nichts weiter als eine unfreie, triebgesteuerte Reaktion. Gibt man allen Impulsen nach, wird man zu deren Sklave. Man wird getrieben von den eigenen Bedürfnissen, wie ein Blatt im Wind, und *nimmt* sich so die Freiheit, entscheiden zu können.

Was die Philosophie hier auf gut Deutsch behauptet, ist, dass Sie gegen die »einengende Wirkung« Ihrer Impulse arbeiten müssen, um freie Entscheidungen treffen zu können. Um zu echter Freiheit zu gelangen. Das würde dann z. B. so aussehen, dass Sie trotz unwiderstehlichen Drangs sich fest vornehmen, am Wochenende kein Bier zu trinken. In Ihrem Inneren könnte sich dann Folgendes abspielen:

»Das habe ich ganz alleine entschieden und spüre neben dem beißenden, körperlichen Unbehagen gleichzeitig irgendwo, in den unergründlichen Tiefen meines Selbst, etwas, das sich ungefähr wie etwas entfernt ähnliches, möglicherweise eines der Freiheit zuordnenbares *Etwas* anfühlen könnte. Aber nur etwas. Das Beißen ist klar dominant. ICH habe mich aus freiem Willen auf den Scheiß mit der Impulskontrolle eingelassen und verbreite wegen des versauten Wochenendes aus freiesten Stücken mal so richtig miese Laune. For free, versteht sich. Darf sich auch jeder gern die Freiheit nehmen, mich zu besuchen. Ich werde ihn dann mit einem ganz befreiten Arschtritt, meiner Freiheit wegen, wieder seiner Freiheit übergeben.« Sie merken schon, das Ganze hat keinen guten Einfluss auf Sie, und scheint doch recht kontraproduktiv zu sein.

Kant arbeitet mit diesem Ansatz. Freiheit nach Kant ist nicht Willkür, also alles in jedem Moment tun zu dürfen, was ich will. Nach meinen Vorlieben. Handlungsfrei ohne Beschränkungen zu sein. Nein. Freiheit ist gerade nicht zu tun, was ich will. Auch Johann Gottlieb Fichte sagt: «Freiheit trägt immer das *Sollen* auf der Stirn». Freiheit ist immer eng mit Verantwortung und moralischen Imperativen gekoppelt. Wir stehen ja dummerweise in Beziehung zu anderen Menschen. Kant definiert deswegen die Wechselseitigkeit als Grundprinzip von Freiheit. Daraus ergibt sich der berühmte, von Kant aufgestellte kategorische Imperativ:

»Handle so, dass die Maxime deines Willens jederzeit zugleich auch Prinzip einer allgemeinen Gesetzgebung sein könne«. Vereinfacht: »Was du nicht willst, das man dir tu, das füg´ auch keinem anderen zu.«

Tipp!

Quälen Sie sich nicht mit diesem abgehobenen und lebensfremden philosophischen Wahnsinn. Lassen Sie doch lieber die Anderen leiden. Gehen Sie über Ihre gesunde, naturgegebene Grundhaltung »better you than me« noch hinaus, und nehmen die dringend notwendige Korrektur des von Spaßbremse Kant aufgestellten kategorischen Imperativs vor:

»Füge möglichst vielen andern zu, was du nicht willst, das man dir tu.«

Laden Sie dazu Ihre Freunde zum versprochenen Abschädeln zur Sportschau in letzter Sekunde wieder aus. Erwischen Sie sie auf dem Weg zu Ihnen, damit sie die ersten Spiele garantiert verpassen. Dann trinken Sie den Kasten alleine. So missachten Sie nicht die eigenen gesunden Impulse, sondern die Ihrer Kumpels, kommen an Ihr wohlverdientes Vergnügen, und Ihre Familie wird auch ganz sicher ganz ganz wenig mit Ihnen zu lachen haben.

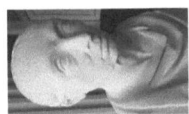

Spaßbremse Kant

Trash Poem©

Wie schön, dass du erfroren bist,
wir hätten dich sonst sehr gedisst!

(Altüberlieferter Geburtstagswunsch in Liedform)

Es funktioniert!

Ihr Beliebtheitsgrad ist beachtlich gesunken,

Ihr Freundeskreis ausgedünnt, Sie fühlen sich leichter. Sie gefallen sich in Ihrer neuen Rolle. Intellektuell vernichtend wie Dr. House, scharfzüngig wie Carolin Kebekus, skrupellos (besoffen) wie Aaron, und die schwammigen Gehirne der Herde blitzschnell sezierend wie Hazel Brugger. Glückwunsch! Sie haben dieses Buch verstanden, verinnerlicht und aktiv umgesetzt (wer sich hier nicht wiedererkennt – schnell weiter zum Nachwort blättern!). Und die meisten der Menschen, die sich deswegen von Ihnen (wohl auch auf längere Zeit) verabschiedet haben, fehlen Ihnen nicht eigentlich. Was Sie aber vermissen werden, sind deren Geschenke zum Geburtstag.

Tipp!

Verzichten Sie darauf, shoppen zu gehen, und bestellen ab sofort alles übers Internet. Klicken Sie bei allen Bestellungen ausnahmslos »als Geschenk versenden« an. Wenn Ihnen dann die Ware ins Haus fliegt, wissen Sie zwar, dass sie von Ihnen selbst kommt. Aber Geschenk ist Geschenk, und wirkt schön verpackt immer erst mal erfreulich. Bei den vielen Sachen, die Sie bestellen, verlieren Sie außerdem schnell den Überblick. Irgendwann glauben Sie´s einfach, weil Sie´s glauben wollen: »Hey! Das habe ich jetzt wirklich nicht selber bestellt!« Na also! Sehen Sie: Sie brauchen die anderen gar nicht. Diese ganze soziale Schinderei lohnt sich doch kaum. Wegen der paar lausigen Geschenke...

Nachwort

Noch offene Fragen? War Ihr Problem nicht dabei? Ich meine ganz sicher nicht dabei? Gehen Sie noch einmal so objektiv wie möglich in sich, ob Sie es nicht doch vielleicht «aus Versehen» überlesen haben. Sehen Sie bitte genau nach. Wir haben sehr gewissenhaft alle gängigen, überwiegend therapierbaren Psychosen im Buch behandelt. Es muss einfach dabei gewesen sein! Nichts gefunden? Gut, dann schreiben Sie uns unter

#mirkannjadochkeinermehrhelfen

Wir werden Ihre Nachricht lesen, Ihre wahren Probleme analysieren, sie den entsprechenden Kapiteln im Buch zuordnen und Ihnen die Seiten ersetzen, die Sie in einem Anfall hasserfüllter Selbstverneinung herausgerissenen haben. Natürlich kostenlos. Wir sind schließlich keine Unmenschen. Wir kennen unser Klientel und wissen, was wir ihm schuldig sind. So. Aber diesmal bitte auch wirklich lesen!

Herzlichst

ihr *Max Vorderhoefen*

Anhang

Normal entwickelter humanoider Frischling

Humanoider Frischling, ungestreichelt